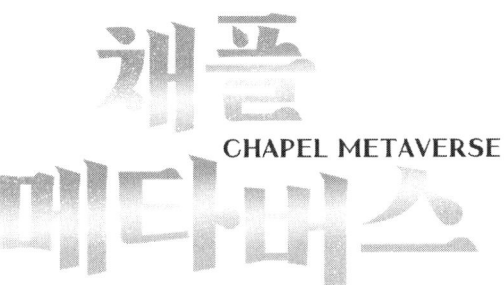

채플 메타버스

**초판 1쇄 발행** 2023년 5월 28일

**지은이** 김관우
**펴낸이** 장길수
**펴낸곳** 지식과감성#
**출판등록** 제2012-000081호

**교정** 정은솔
**디자인** 서혜인, 정윤솔
**편집** 정윤솔
**검수** 주경민, 이현, 함정미, 김지원
**마케팅** 정연우

**주소** 서울시 금천구 벚꽃로298 대륭포스트타워6차 1212호
**전화** 070-4651-3730~4
**팩스** 070-4325-7006
**이메일** ksbookup@naver.com
**홈페이지** www.knsbookup.com

ISBN 979-11-392-1119-1(03810)
값 15,000원

- 이 책의 판권은 지은이에게 있습니다.
- 이 책 내용의 전부 또는 일부를 재사용하려면 반드시 지은이의 서면 동의를 받아야 합니다.
- 잘못된 책은 구입하신 곳에서 바꾸어 드립니다.

지식과감성#
홈페이지 바로가기

김관우

판타지 장편소설

# 채플 메타버스
CHAPEL METAVERSE

## 목차

| | |
|---|---:|
| 전철 안에서 | 8 |
| 로이장 회장 | 12 |
| 셀라비 홍콩 | 15 |
| 칵테일 바 | 21 |
| 했구나 | 25 |
| btbc 뉴스 시청률 | 32 |
| 회의실로 모여 봐 | 38 |
| 박정자 | 44 |
| 현진그룹 본사를 가다 | 50 |
| 서기철 국장 | 56 |
| 집무실에서 | 64 |
| 팀플레이로 전환 | 66 |
| 채플 연구소 | 70 |
| 홍콩에서 쓴 계약서 | 73 |
| 한 사람만의 여자 | 78 |
| 오재승 교수 | 84 |
| 운교산 캠핑장 예정지 | 90 |
| 채플 메타버스 체험 | 93 |
| 추모의 집 | 111 |
| 덕분에 문제없을 것 같은데 | 114 |
| 어젯밤 회상 | 116 |
| 엎고 다시 시작하자고? | 120 |
| 첩보전 | 126 |
| 주선희 | 129 |

| | |
|---|---|
| 사업계획서 | 135 |
| 팀 배틀 | 138 |
| 2팀 PT | 147 |
| 3팀 PT | 158 |
| 1팀 PT | 165 |
| 채플 메타버스 투자비 | 174 |
| 캠핑장 건설 | 176 |
| 봄 개편 방송 | 177 |
| 주말에 | 180 |
| 부모님께 소개 | 188 |
| 뉴스 프로파일러 VS 이태백 기자 | 194 |
| 닳아 버린 사다리꼴 | 201 |
| 1팀, 채플 메타버스 촬영 | 205 |
| 채플 메타버스 론칭 준비 | 213 |
| 1팀, 채플 메타버스 방송 | 216 |
| 채플 메타버스 1부 언론 및 시청자 반응 | 224 |
| btbc 채플 메타버스 2부 방송 | 232 |
| 채플 메타버스 2부 반응 | 241 |
| 이종우 장관과의 만남 | 242 |
| 윤주명 대통령과 만나다 | 244 |
| 채플 메타버스 론칭 | 247 |
| 현서진의 기억 | 254 |
| 변화 | 259 |
| 운교산 뷰 캠핑장 | 262 |

| | |
|---|---|
| 섭외는 어떻게 됐어? | 263 |
| 무슨 일인데 한달음에 왔습니까 | 267 |
| 종방하게 되었습니다 | 277 |
| 변화 2 | 286 |
| 이제야 찾아뵐 수 있는 마음이 되었습니다 | 290 |
| 이한성 | 298 |
| 초현실 론칭 준비 | 308 |
| 이한성 2 | 310 |
| 초현실 론칭 | 311 |
| 이한성 3 | 317 |
| 체포 | 322 |
| 초현실 론칭 반응 | 327 |
| 저랑 결혼해 주시겠습니까? | 329 |
| 에필로그 | 342 |

# 채플
# 메타버스

캘리그라퍼 양현라

## 전철 안에서

현서진은 전철 출입 게이트에 카드를 체크하고 계단을 뛰어 내려갔다. 30분 후 홍콩에 본사를 두고 있는 구룡 샹그릴라 홍콩 호텔 회장과 약속이 되어 있었다. 큰 키를 이용해 두리번거려 봐도 빼곡히 들어선 사람들로 게이트 앞은 답답하기 그지없었다.

전철이 들어왔지만 이미 포화된 전철은 절반의 사람도 태우지 못한 채 다음 전철을 이용하라는 방송을 남기고 떠나갔다. 다음 전철을 확인하는 현서진은 마음이 초조해졌다.

막 도착한 전철도 역시나 포화 상태였다. 빽빽한 사람들 틈을 비집고 현서진은 전철을 탔다. 사람들 틈새에 꽉 끼어 이마에 땀이 송골송골 맺혔다. 정장 상의 윗주머니에서 손수건을 꺼내 땀을 닦고 손목에 찬 파텍필립 시계를 보았다. 꽤 시간이 흐른 것 같았는데 15분 정도 시간이 지나 있었다. 늦지 않고 약속 시간에 도착할 수 있을 것 같았다. 손수건을 상의 윗주머니에 넣고 넥타이를 느슨하게 하는데, 붙어 있다시피 한 앞사람이 움찔하며 작은 소리를 냈다.

"죄송합니다."

즉각적으로 현서진이 사과의 말을 했다.

* * *

오혜수는 뭐 이런 사람이 있나 생각했다. 약간의 움직임으로 불편하게 만들 수 있는 상황에서 죄송하다는 말만 하고 반복적으로 손수건을 뺐다 넣었다 하며 손이 오혜수 가슴 앞을 지나 오르내리는 것이었다.

짜증이 확 밀려왔다. 어떤 사람인가 고개를 들고 봤다. 거리가 가까워 남자의 긴 목과 돌출된 목젖, 갸름하고 날렵한 턱선, 귀 뒷머리 쪽에서 흐르는 땀만 눈에 들어왔다.

캘리포니아대학교 정치외교학과 출신 오혜수는 순발력과 딕션이 좋은 btbc 아나운서이다. 외모 또한 이국적이고 늘씬해 결코 작은 키가 아닌데도 남자의 턱 아래에 자신의 머리끝이 위치하는 것 같았다.
오혜수는 이 낯선 경험이 불쾌했다. 최근 장만한 포르셰 앞에 만취한 입주민이 차량을 막아 놓고 조수석에서 잠들어 있었다. 창문을 두드려도 반응이 없었다. 불가피하게 전철을 탈 수밖에 없었는데, 오늘은 예민한 날인지 부산스러운 남자의 손이 자꾸만 신경 쓰여 쳐다보았지만 놈은 아무것도 모르는 것 같았다.

* * *

현서진은 목을 간지럽히는 콧바람에 미간이 찌푸려졌다. 전동식 미닫이 차고 문이 고장이 나 컬렉션으로 구매해 놓은 자동차와 데일리카 포르셰를 사용 못 하는 어처구니없는 상황이 벌어졌다. 교통체증을 생각하여 전철을 이용하고 있었는데, 홍콩에서나 맡았던 퍼퓸 향과 여자의 코로 내보내는 바람이 신경을 자극하고 있었다.

'한 정거장만 참자.'

광화문역에 전철이 섰다. 현서진은 내려서 뛰기 시작했다. 오혜수도 뛰었다. 앞서가던 현서진이 우뚝 멈춰 섰다.

"아얏-"

오혜수는 갑자기 멈춰 선 현서진의 등에 부딪혔다.

"죄송합니다."

현서진이 뒤돌아섰다.

"왜 쫓아오는 거죠?"
"네?"

황당한 눈으로 현서진을 쏘아본 오혜수는 헛웃음을 치고 현서진을 지나쳐 달렸다. 의문에 담긴 현서진은 살짝 미간을 좁히고 다시 뛰었다. 이번에는 오혜수가 멈춰 섰다.

"왜 쫓아오세요."
"바쁘니까 오해 마시고, 길 좀 비켜 주시죠."

머뭇거리는 사이 저만치 스쳐 지나간 현서진이 포시즌스 호텔에서 자취를 감췄다.

화장실을 찾아 들어간 오혜수는 흐트러진 옷가지를 정돈하고 화장을 고쳤다. 거울에 비친 자신을 보며 가볍게 숨을 거듭 내쉬었다.

\* \* \*

"회장님 그동안 잘 지내셨어요?"

로비에서 구룡 샹그릴라 홍콩 호텔 로이장 회장을 만난 오혜수가 인사했다.

"그럼요. 오혜수씨 미모가 한결 깊어져 보이는군요."

오혜수는 대학교 3학년 때 교환학생으로 홍콩대에서 공부했었다. 그 기간 구룡 샹그릴라 홍콩 호텔 홍보 모델로 활동한 이력이 있었다.

# 로이장 회장

포시즌스 중식당 '유유안'에서 현서진은 이선필 비서를 만나 간단한 브리핑을 들었다. 다이닝룸에서 로이장 회장을 정중히 맞이했다.

"안녕하십니까? 현진그룹 회장 현서진입니다."
"로이장입니다."

재벌 2세 현서진은 나이는 물론 외모, 스펙까지 언론에 공개된 적이 없었다. 로이장 회장의 통역을 맡은 오혜수는 현서진을 보고 눈빛이 살짝 흔들렸다. 현서진도 그룹 승계를 마치고 샹그릴라 코리아 호텔 합작 건설 추진을 위해 만든 자리에서 오혜수를 또 보게 되었다. 그의 눈에 이채가 스쳐 지나갔지만 흔들림은 없었다.

"제안하신 내용을 보니 땅은 현진그룹이 제공하고 건설비용과 운영은 샹그릴라 호텔에서 맡고, 감사권과 수익배분은 5:5입니다. 식품 제조, 유통을 중점적으로 하는 현진그룹에서 숙박업에 관심을 가지는 이유가 뭔지 궁금합니다."

"저희가 조사한 내용에 의하면 4차 산업 기술 기반의 숙박, 여행 예약 대행 플랫폼이 빠르게 점유율을 높이고 있지만 샹그릴라 호텔은 자체 룸 예약률이 99.7% 이하로 떨어진 적이 없는 것으로 알고 있습니다.

브랜드 가치가 높은 샹그릴라 호텔과 같이한다면 저희가 대한민국의 숙박업 수준을 높일 수 있다는 확신을 할 수 있습니다. 또한 우리나라 사람들의 글로벌 선두 기업에 대한 이해를 분석해 보니, 샹그릴라 코리아 호텔에 대한 리스크는 걱정하지 않을 수 있었습니다."

\* \* \*

"회장님, 로이장 회장이 마포 물류창고 후적지를 샹그릴라 코리아 호텔 입지 조건으로 타당성 있게 보지 않는 것 같습니다."
"왜요?"

이선필 비서는 로이장의 언행과 행동을 통해 느꼈던 생각을 계속 이어 갔다.

"창고 땅을 샀는데 1년 사이 4배나 올랐다거나 한국에는 커피숍이 참 많다는 둥, 다른 얘기만 늘어놓지 않았습니까?"
"로이장 회장과 만났다는 것이 중요한 시점입니다. 펀드 쪽은 어때요?"
"로이장 회장의 방한 정보가 지라시로 돌고 2배 정도 매매가가 상향되었으나 플랜 B 기준에는 못 미치고 있습니다."

"산업은행 쪽은 어떤가요?"

"호텔 건설 크라우드 펀딩 상품을 판매하고 있습니다."

"기업은행과 산업은행의 경쟁 구도가 만들어진 만큼, 용역의 사업성, 타당성이 공개되면 매매가도 한차례 급등할 수 있습니다. 이선필 비서는 로이장 회장이 출국하기 전까지 불편하지 않도록 신경 써 주세요."

"예, 알겠습니다. 그리고 회장님, 답방은 언제쯤으로 잡을까요?"

"시간 끌 필요 없습니다. 다음 달 초는 특별한 일이 없으니까, 그때가 좋을 것 같습니다."

이선필 비서가 현서진 회장을 수행하려고 호텔 밖으로 따라 나왔다.

"이선필 비서는 그만 따라와도 됩니다. 들어가서 로이장 회장님을 룸 앞까지 안내해 드리고 회사로 들어오도록 하세요."

## 셀라비 홍콩

구룡 샹그릴라 홍콩 호텔 비즈니스 룸에서 워크숍을 마친 btbc 아나운서들은 이연진 아나운서의 나이트클럽 외침에 콜이 몇 명 더해져 뒤풀이로 셀라비 홍콩에 오게 되었다. 한국의 레트로풍 음악과 유사하여 몸이 자연스럽게 들썩거렸다. 동서양의 젊은 사람들이 섞여 뿜어내는 열기에 아나운서 선배 배동준이 체면을 내려놓고 스테이지로 나갔다.

"언니."

블루스 타임으로 바뀌고 룸으로 함께 들어와 앉은 이연진이 오혜수를 불렀다.

"왜?"
"여기, 엘리트들 놀이터로 유명해요. 부킹 들어오면 무조건 받아 주세요."

땀으로 상기된 오혜수의 얼굴에 미소가 살짝 어렸다. 그렇지만 클럽에서 만나 '원나잇'이라니, 상상만 해도 부정적이었다.

"난 됐고, 너나 많이 해."
"왜요? 언니 고리타분하게 국제결혼 이런 거에 거부감 막 느끼고 그러는 사람 아니죠?"

이연진이 원나잇을 말하고 싶었지만 에둘러 국제결혼으로 말을 바꿔 오혜수를 떠보듯 했다.

"그러면 어때요? 이 눈치 저 눈치 다 보고 요즘은 네티즌 눈치까지 보는데 오늘 같은 날 확 달려 줘야죠."
"됐다니까."
"언니 나가요."

음악이 바뀌었다. 이연진이 자연스럽게 오혜수의 손을 잡아끌었다.

"아니야, 한 템포 쉬고 다음번에 나갈게."

* * *

보도국에서 오혜수는 조직개편으로 어중간하게 4년 차에 고참이 되어 선후배를 챙겨야만 했다. 부드러운 목 넘김을 느끼며 적포도주를 한 모금 마신 오혜수는 눈을 감고 머리를 식힐 겸 소파에 등을 기대고 어깨에 힘을 풀었다. 머릿속에 있었던 생각을 하나씩 하나씩 지워 가자 발끝이 음악에 반응하며 템포에 맞추어 움직임을 보였다.

'딸깍'

또 누군가 들어왔나!
오혜수가 살포시 눈꺼풀을 들어 올렸다. 말쑥하게 차려입은 사람이 와인을 들고 자신을 쳐다보고 있었다.

"반갑군요."
"부킹 안 해요."
"저… 그게 아니고… 잠시 얘기 좀……."

홍콩까지 왔는데, 자신을 알아보는 사람이 있는 것일까?
오혜수는 이마가 찌푸려졌다. 귀찮았다.

"부킹 안 한다니까요."

싫다는 의사를 한 번 더 말하고, 팔짱을 끼고 의자 깊숙이 몸을 늘어뜨렸다. 방해꾼이 이만하면 알아듣고 빨리 나가기를 바랐다.

"오혜수씨, 저 모르시겠습니까? 우리 구면인데……."

미간을 좁히며 다시 한번 힐끔 보았다. 그 사람이었다. 현서진 회장.

현실감이 한순간에 일깨워졌다. 이런 곳에서 현진그룹 회장을 만날 확률이 얼마나 되는 것일까? 자세를 바로 하고 옷매무새를 대충 어루만졌다.

"회장님께서 어떻게…?"

놀라서 눈이 커진 오혜수가 얼떨결에 말을 읊조렸다. 머쓱해진 현서진은 여상한 표정을 하고 오혜수가 물어보는 말에 답해 주었다.

"저도 홍콩에서 혜수씨와 닮은 사람이 보여 이렇게 한번 와 봤습니다. 타국에서 안면 있는 사람을 보게 되니, 정말 반갑군요."

현서진이 오혜수의 눈을 보며 차분하게 말했다.

"어떻게 오셨어요?"
"워크숍이 있었어요."
"그랬군요. 일행분들은 직장 동료분이시겠군요."

현서진의 눈빛에 아쉬움이 살짝 머물다 사라졌다.

"실례가 많았습니다."

현서진은 눈인사를 하고 돌아섰다.

"회장님?"

돌아본 현서진의 얼굴에 의문이 고스란히 나타났다.

"회장님께서는 무슨 일로 오셨어요?"
"저야 비즈니스가 있어서 오게 되었습니다만……."

왜 물어보았냐는 듯 의문이 담긴 현서진 회장의 표정을 보고도 오혜수는 다그치듯 물었다.

"숙소는요?"
"예… 예? 구룡 샹그릴라 홍콩 호텔에 체크인했습니다."
"저희도 구룡 샹그릴라 홍콩 호텔이에요."
"그래서요?"
"그, 그게……."

무안하게 만드는 현서진의 말에 오혜수는 얼굴을 붉히며 말을 더듬거렸다. 현서진의 눈에 이채가 일렁였다.

"내일 저희는 한국으로 돌아가요."
"그러시군요."
"회장님께서는요?"

뭔가 엇박자를 느끼면서 오혜수는 무안함을 벗어나고자 얼굴에 철판을 깐 사람처럼 아무렇지 않게 궁금한 것을 물었다.

"저는 며칠 머물다 갈 예정으로 왔습니다."

음악이 바뀌었다. 오혜수의 일행이 오는 것이 보였다. 현서진은 잠시 망설이다가, 오혜수에게 명함을 주고 룸을 나갔다.

"언니 저 사람 누구야? 부킹 들어왔었어?"
"아니, 아는 사람 같아서 와 보았다고."
"한국 사람? 대박, 기럭지, 비주얼 장난 아니던데."

이연진은 고개를 돌려 현서진 뒤를 눈으로 쫓았지만 그의 모습이 곧 보이지 않게 되자 뭔가를 잃어버린 듯 눈빛이 사그라들며 자리에 털썩 주저앉았다. 뒤따라 앉은 배동준은 이연진을 보며 피식 웃고, 와인병을 들어 오혜수와 이연진 잔에 채워 주었다.

"마셔. 노땅이라고 유상진 팀장님 남겨 두고 왔는데, 굵고 짧고 진하게 놀다 가자."

클럽 음악이 록으로 전환되었다. 세 사람은 스테이지로 나가 서로 겨루듯 미친 듯 신나게 흔들며 스테이지를 누볐다.

# 칵테일 바

구룡 샹그릴라 홍콩 호텔 지하 1층 바텐더의 현란한 조주쇼를 배경 삼아 현서진이 에그노그 칵테일을 음미하고 있었다. 올 한 해도 얼마 남지 않았기에 왠지 서양인들이 연말에 시그니처로 즐기는 칵테일을 마시고 싶어서였다. 싸구려 아이스크림 맛이 혀끝을 가볍게 아리게 하다가 어느 순간 불에 덴 듯 입 안을 태우고 목을 부드럽게 넘어갔다.

'나답지 못했어!'

타국이라는 생각에 긴장을 조금 내려놨더니 자신을 옭아매는 책임의 선이 물을 만난 듯 흐릿해져 있었다. 초저녁 클럽에서의 일을 털어 내려 했지만, 생각이 머물자 쉬이 벗어날 수 없었.

그 사람에게도 자신에게도 아무것도 아닌 일을 자신은 기회를 만난 평범한 사람처럼 행동하고 말았다, 오혜수 아나운서가 어떻게 생각할지 생각하니 쪽팔렸다. 기억을 도려내서라도 지워 버리고 싶을 만큼. 아는 체했던 것이 '아차' 싶어 뒤늦게 정색했던 것이 모순되게 느껴졌다. 차라리 그러지만 않았어도…….

생각을 거듭할수록 낯이 뜨거워졌다. 감정이입을 하지 않게 됨으로써 냉철한 그룹 총수다운 인상을 심어 주었지만, 사적 자리에서 감정이 이입되면 어설픔이 느껴졌다. 현서진은 연거푸 칵테일을 입에 털어 넣고 삼켰다.

* * *

오혜수는 구룡 샹그릴라 홍콩 호텔에 돌아와 대충 씻고 침대에 누워 몸을 뒤척였다. 잠이 오지 않았다. 클럽에서 마신 와인은 격렬한 율동 속에 땀으로 다 빠져나갔을 것 같은데, 속물처럼 명함 한 장에 생각이 꼬리에 꼬리를 물고 잠들 수 없게 하는지. 정신이 더욱 또렷해져만 갔다.

현서진 회장이 주고 간 명함을 이리저리 살펴보았다. 특별히 다르지도 않았다. 오혜수는 이불을 뒤집어썼다.

'키도 훤칠하고 잘생겼잖아.'

자기합리화를 하는 어처구니에 헛웃음이 나왔지만, 옆 침대의 이연진이 생각나 자기 입을 틀어막았다. 밝아서 잠이 더 안 오는 것이란 생각이 들었다. 흐릿한 무드 조명을 껐다. 잠들어야 하는데, 정신은 더 또렷해져 갔다.

"미치겠네."

이깟 명함, 그깟 재벌이 뭐라고 속물처럼 이러는 것일까?

내가 설마 현서진 회장에게 반했나?
서로가 썩 좋은 첫인상도 아니었을 텐데….
진짜로 내가 흔들리고 있는 거야?

이불을 발로 차 버리고 상체를 세워 앉았다. 소리를 지르고 싶은 것을 꾹 참고, 옆 침대에서 자는 이연진을 보았다. 많이 피곤했는지 연진은 가볍게 코를 골고 있었다. 오혜수는 벗어 놓은 옷을 주섬주섬 챙겨 화장실로 갔다. 술이라도 한잔해야지, 도저히 이대로는 잠 못 드는 밤이 될 것만 같았다.

*  *  *

"여기 칵테일 한 잔 주세요."
"무슨 칵테일을 찾으십니까?"

머릿속이 다른 생각으로 가득 차 칵테일 종류가 생각나지 않았다. 바텐더를 멀뚱히 보고 있던 오혜수는 옆 손님 칵테일이 눈에 들어왔다. 칵테일을 눈짓하고, 같은 것을 달라고 했다.

혼자만의 생각에 빠져 있었던 현서진이 옆에 앉은 여자의 부산스러움에 시선을 돌렸다.

"오혜수씨."

"현서진 회장님."

눈이 마주친 두 사람은 뜻밖의 만남에 이름을 불러 서로를 재확인했다.

"또 뵙게 되었네요…. 어떻게 회장님께서 이곳에……."

생각이 많다 보니 오혜수는 생각이 꼬여 순발력과 딕션이 좋은 아나운서답지 않게 말을 하고 말았다.

"아, 네. 저는 칵테일이 생각나서 왔습니다. 오혜수씨는요?"
"잠이 안 와서요. 홍콩에서 1박 2일이 너무 짧게 느껴져서 그런가 봐요."

수년간 쌓은 관록을 보이며 말했지만, 안 해도 되는 불필요한 말을 한 것 같았다. 오혜수의 얼굴이 조금 붉어졌다. 나름 꽤 인정받는 아나운서라는 자부심이 이러할 때는 마음을 조마조마하게도 하는구나 싶었다.

"오혜수씨는 감정이 풍부하신가 봐요."
"네… 네?"

속내가 들킨 듯하여 오혜수는 말을 더듬거렸다.

"아… 아닙니다. 제가 잘못 보고 실언을 한 것 같습니다. 그런 의미에서 오늘 오혜수씨가 마시는 술은 제가 모두 사겠습니다."

# 했구나

이른 새벽 욕실 문틈으로 들리는 샤워기 물 떨어지는 소리에 오혜수는 잠에서 깼다. 목 끝까지 덮인 이불을 들고 내려 본 오혜수는 실오라기 하나 걸치지 않은 자기 몸을 봤다. 얼굴을 찌푸리며 이불로 몸을 다시 감쌌다. 어젯밤 그랬었다.

"오빠 나이 몇 짤?"

얼굴이 발그레하고 눈은 취기로 뒤덮인 자신이 꽐라가 되어 혀 꼬인 소리를 내며 아무 말이나 헤헤거렸었다.

"미친년."

손을 가볍게 거머쥐고 오혜수는 자기 머리를 몇 차례 쥐어박았다.

"서진 오빠. 헤헤헤 나보다 한 짤 많네여. 헤헤헤."

"오혜수씨, 너무 취했습니다."
"나 하나도 안 취했떠여. 봐봐. 헤헤 나 이쁘지? 헤헤."

손바닥으로 턱을 괴여 브이 자 턱선을 나타내기까지 했다.

"미쳤다, 미쳤어."

소리 나지 않도록 신경 쓰면서 또다시 자기 머리를 쥐어박았다. 룸으로 데려다주겠다는 현서진에게 엘리베이터 안에서 뽀뽀 안 하면 방 안 알려주겠다고….
화끈거리는 얼굴에 손바람을 일으켜 식혀 가며 속으로는 이런 미친년 소리를 연거푸 했다. 꽐라가 되어도 얌전하기라도 했으면…. 여우짓도 상거지같이 청승맞게 떨었다.
그런데 그다음 기억이 없다. 낯선 방에 남자의 옷가지와 자신의 옷이 바닥에 얼기설기 뒤섞여 흩어져 있는데 어떻게 방에 함께 들어오게 되었는지 기억이 비어 있었다. 옷을 챙기기 위해 침대에서 일어나 조심스럽게 바닥으로 발을 딛는데 아래에서 뻐근함이 느껴졌다.

"했구나! 미친."

무심결에 입 밖으로 갈라져 튀어나온 소리를 누군가 들었을까 봐 급하게 입을 틀어막고 샤워기 물 떨어지는 소리에 집중했다. 다행이었다. 가볍게 콧노래를 흥얼거리며 남자는 샤워를 계속하고 있었다.

콧노래라니! 저 남자 어쩌면 아나운서인 자신을 컬렉션으로 득템한 것이었나!

기분이 알싸하여 얼굴이 일그러졌다. 그런데 목은 왜 이렇게 갈라진 것일까? 얼마나 소리를 질렀으면. 상상을 잠시 하는 것만으로도 민망하고 얼굴이 화끈거리며 불타올랐다.

허벅지가 축축하게 느껴졌다. 이율배반적인 몸의 반응은 뭐란 말인가. 아릿하게 꽉 차며 달아올랐던 어젯밤을 기억이라도 하듯 깊은 곳에서 샘솟아 허벅지를 적시며 흐르고 있었다.

'내가 이런 사람이었나?'

스스로에게 물어보는 것 이상으로 오혜수는 욕실 문을 뚫어져라 쏘아보았다.

"나쁜 놈. 만난 지 얼마나 되었다고, 매너 없게. 아으….."

숙취에서 만들어진 두통을 참기 위해 오혜수는 손톱을 세워 두피를 지그시 눌렀다.

"오혜수씨, 엘리베이터 안에서 이러면 안 됩니다."
"오빠 나 싫어? 헤헤헤 이러면 나 창피하단 말이야."

불현듯 이어지는 어젯밤 기억의 잔상…. 꼬인 혀에 더해 몸까지 배배 꼬아 댔었다…….

"미치겠네."

무안해하며 엘리베이터 어딘가에 있을 cctv를 살피는 현서진의 난처해하는 얼굴은 왜 그렇게 잘생겼는지, 빛까지 났다. 진짜 잘생긴 놈이란 생각이 또 들었다.

"미친."

머리를 흔들어 기억을 전환한 오혜수가 속옷을 주워 대충 겨울 코트 주머니에 욱여넣고 블라우스와 바지를 입고 코트를 걸쳤다. 욕실 문에서 눈을 떼지 않은 오혜수는 바닥을 손으로 쓸어 샤넬 가방을 건져 올렸다. 뒤꿈치를 들고 도둑고양이처럼 사뿐사뿐 문을 향해서 걷고 있는데, 샤워기 물 떨어지는 소리가 뚝 끊기고 욕실 문이 휙 하고 열렸다. 오혜수의 고개가 욕실 쪽으로 돌아갔다.
수건으로 몸에 묻은 물을 대충 닦고 머리카락을 털어 내며 나오는 탄탄한 근육질 남자의 몸은 조각으로 깎아 만든 듯 균형적이고 아름다웠다. 본능이랄까, 보지 않으려 해도 보이는 그것도.

"저기 오혜수씨…."

시선을 들킨 사람인 양 가슴이 철렁거린 오혜수는 허둥대며 대답했다.

"네… 네네."

살짝 웅크린 자세 그대로 아래에서 위로 천천히 시선을 옮겨 현서진을 올려다보았다. 그리고 이어지는 생각들….
지금 나 바보 같은 표정을 하고 있겠구나….
저놈은 참 기럭지도 길구나!
묵직하게, 꽉 차게 자신을 감전시키던 저 물건….
찰나와 같은 시간 이어지는 잡념은 현서진의 몸을 뱀처럼 휘감으며 색욕에 불탔던 어젯밤 자신의 행적으로 이어졌다.

"나 뭐지…."

이 남자 이 상황에서 이러한 태연한 자태는 뭐야?
경험이 많은가?

"가시려구요?"
"네."
"어젯밤 함께 작성한 계약서 잘 챙겨 가시는 거죠?"

'계약서?'

의문은 메타언어가 되어 그에 관한 생각이 불현듯 생각났다. 오혜수는 급하게 가방을 열어서 안을 살펴보았다.

있다, 있었다.

아나운서라면 누구나 가지고 다니는 뉴스 노트를 찢어 작성한 계약서가 노트 속에서 삐죽하니 튀어나와 있었다.

"또 한 부는 제가 가지고 있습니다."

오혜수와 눈을 맞춘 현서진이 엄지를 들어 입술 립스틱을 발라서 찍는 흉내를 내었다.

"두 장을 맞붙여 가운데 지장도 찍어 놓았습니다."

손을 들어 올린 오혜수는 자신의 엄지에 립스틱 흔적이 남아 있는 것을 보았다.

"생각해 보시고 수정할 부분은 1주일 안에 만나서 합의하에 변경할 수 있다는 것 알고 계시죠?"
"네, 없었던 것으로 하면…."
"가능은 하시겠지만 전 국민 앞에서 기자회견을 통해 공개적으로 계약 파기를 해야 한다는 조항을 오혜수씨가 넣으셨는데, 괜찮으시겠습니까?"

필요 이상의 경어는… 참 저놈 나쁘다.
오혜수는 터져 나오려는 말을 마른침과 함께 꿀꺽 삼켜 내고 얼굴을 살짝 찌푸렸다.

미친년, 술 마셨으면 잠이나 잘 것이지….
이런 자책도 지금 이 순간은 의미가 없게 느껴졌다.

"저 갈게요, 동생이 일어나기 전에 가 봐야 될 것 같아서…."

긴 한숨을 조용히 내쉰 오혜수는 가볍게 인사를 하며 돌아섰다.

# btbc 뉴스 시청률

　양방향 플랫폼 채널의 영향력이 커졌다. 우후죽순 생겨났던 채널은 연착륙하고, 케이블TV 뉴스 최고 시청률 19.8%를 찍었던 btbc 8시 뉴스는 1%대로 떨어졌다. 정권 창출에 큰 역할을 하고 5년 승천 가도를 달리던 btbc 뉴스는 새 정부가 들어서고 과거 그들이 했던 방송에 의문이 제기되었다. 앞다퉈 후속 취재가 이어진 방송이 미디어 전체로 번진 것은 삽시간이었다.

　btbc는 조작 방송 넘버원의 이미지가 덧씌워졌다. 급기야 최성문 사장은 구글 글로벌 트렌드 중역을 맡고 있던 서기철을 영입하여 보도국 국장에 앉혔다. 서기철 국장이 btbc에서 가장 먼저 한 것은 경쟁 구도로 보도국 조직을 개편한 것이었다.

　인사 발표가 공표되었던 날 유상진 팀장이 돌연 휴가에 돌입했다. 이전 직장에서 차기 국장 자리를 약속받고, btbc로 스카우트되었다는 소문이 파다했는데, 그를 영입한 전임 변정석 보도국장은 1%대 뉴스 시청률에 대한 책임을 지고 보따리 싸 시골로 내려가 버렸다. 사장이 까래서 깠을 뿐인데, 애국가 시청률에 대한 책임을 변정석 국장이 진 것이었다. 그 소식을 듣게 된 사람들은 좌천성 처우를 받은 유상진 팀장이 곧 사표를 내리라고 생각했다.

"곧 사표를 쓰고 가겠지."
"쪽팔려 어떻게 일하겠냐? 안 그래?"

방송국 앞 포차에는 유상진 얘기를 안주 삼아 떠드는 소리를 어렵사리 들을 수 있었다. 그러나 사람들을 비웃기라도 하는 듯 유상진 팀장은 휴가 마지막 날 회사로 복귀했다. 유상진 팀장이 책상을 정리하고 있을 때 함께 아나운서를 시작하고 btbc로 같이 옮겨 온 2팀 김여후 팀장이 어깨를 툭 쳤다.

"잘했다."

살짝 돌아선 유상진의 메마른 입술이 벌어졌다.

"뭐가?"
"돌아온 거."
"사표 쓸 정신도 없었다."

피식 웃은 유상진이 힘없이 말했다.

"그렇게 힘드냐? 너무 힘들면 참지 마라. 우리 사이에 추태인들 못 받아 주겠냐."

"우리 사이? 우리 사이가 무슨 사인데?"

"새끼."

김여후가 가볍게 주먹을 말아서 유상진의 배를 툭 쳤다.

"쳤어?"

"쳤다."

"그럼 너도."

유상진이 김여후 옆구리를 향해 장난스레 손을 휘둘렀다.

"막았어?"

"그래 막았다."

"또 막았어."

"볼 이렇게 당기지 말랬지?"

유상진에게 볼이 잡힌 것에 심통이 난 김여후의 장난이 격해지고 있었다. 얼굴에 혈색이 돌고 장난 섞인 웃음이 자연스럽게 두 사람에게 터졌다. 유상진이 뚱딴지같은 말을 했다.

"나 이혼했다."

"뭐?"

얼음처럼 굳어진 모습으로 멍하니 김여후는 유상진을 쳐다봤다.

"언제?"

얼음땡 놀이에서 땡 소리를 들은 사람처럼 김여후는 한참 만에 침묵을 깼다.

"휴가 쓴 다음 날 가정법원에 다녀왔다."

머쓱해진 김여후가 고갯짓을 해 유상진에게 가자는 뜻을 전했다.

"이런 날에는 술을 마셔 줘야지."

어색한 투로 김여후가 말했다. 두 사람은 곧 술집으로 향했다. 어쩌면 더 오래전부터 유상진과 김여후는 뭔가 부자연스러운 어색함이 있었지만, 그날 이후 그것이 좀 더 진해졌다.

\* \* \*

서기철 국장이 사장실에서 나와 1팀 유상진 팀장을 인터폰으로 불렀다.

"유상진 팀장?"
"예."

"btbc 실시간 뉴스 유튜브 구독자가 답보 상태야. 1팀에서 대책을 마련한다고 2팀 김여후 팀장과 3팀 정인세 팀장이 말하던데 어떻게 되어 가나?"

"예?"

유상진 팀장의 눈이 크게 떠졌다.

"2팀장, 3팀장이 저희 팀에서 한다고 했다고요?"

은연중 말 끝소리가 점점 크게 올라갔다.

"그 대책 마련한다고 해외로 워크숍 가지 않았어? 긴급 편성된 폭설 방송도 2팀과 3팀에서 맡아서 1팀 워크숍에 지장이 없었다던데?"

여우 같은 김여후, 처세 달인 정인세가 해외 워크숍이 배가 아팠나? 기가 막히게 아귀를 딱 맞춰 1팀에 일을 떠넘긴 것 같았다.

"하하, 하하하."

헛웃음이 나왔다. 워크숍이야 각 팀이 돌아가면서 하는데, 2팀과 3팀이 아무것도 해 주지 않았으면서 뭔가 해 준 것처럼 상황을 교묘히 꾸민 것이었다.

눈 뜨고 코가 꿰인 기분이 이런 것이었구나!

어디 그게 보도국 추가 지원을 받아 가게 된 워크숍이었던가? 오혜수가 통역 사례비를 극구 사양해, 로이장 회장이 구룡 샹그릴라 홍콩 호텔 주말 숙박 및 식사권으로 1팀 전체를 초대해, 기본 워크숍 비용에 각자의 사비를 보태 항공권을 예매하여 다녀온 것인데…….

유상진이 버티컬 틈새로 2팀 파티션 너머에서 국장실을 쳐다보고 있는 김여후를 봤다. 눈빛이 마주친 듯한 느낌을 받고 있는데, 김여후가 '홍콩 가서 여자 후배들과 노니 좋았니?'라 말하고 손으로 겨냥 후 방아쇠를 당겼다. 미간이 일그러졌던 유상진 팀장이 김여후 팀장의 입 모양을 알게 된 듯 불현듯 불안이 얼굴에 스쳐 지나갔다.

유상진은 서기철 국장을 보고 눈에 힘을 줬다.

"국장님, 1주일 안에 구독자 확보 방안을 마련하여 보고드리겠습니다."

## 회의실로 모여 봐

"다들 회의실로 모여 봐."

유상진 팀장은 팀원을 소집했다.

"배동준 차장은 어디 갔어?"
"아침 방송 끝나고 오고 있을 겁니다."

막내인 이연진이 바로 대답했다. 호랑이도 제 말 하면 온다고 배동준이 황급히 문을 열고 빈자리를 찾아 앉았다.

"너희들 btbc 실시간 뉴스 유튜브 구독자 수 알아?"

갑자기 팀장이 각 잡고 팀원들에게 물어봤다. 팀원들은 머뭇거리며 서로 눈치를 보는 모양새였다.

"20,002명입니다."

막내인 이연진이 실시간 구독자 수를 아침에 확인한 적 있어 대답했다.

"언제 확인한 구독자 수야, 다시 한번 확인해 봐."

이연진이 휴대폰 어플을 실행해 현재 구독자 수 20,001명이라 말했다.

"햐, 줄었어."
"아."
"아휴."
"어떻게."

한숨 소리가 팀원들의 입술을 비집고 튀어나오며 분위기가 일시에 가라앉는 듯했다.

"국장님께서 보도국 우리 1팀에게 구독자 확대 방안 마련을 지시하셨다. 어떻게 하면 신규 구독자를 유입시킬 수 있을지……."

말을 끊고 팀원들 눈을 맞춰 본 유상진 팀장이 느닷없이 배동준 차장에게 질문했다.

"어떤 방법이 있을까?"

15년 차 아나운서 배동준은 당황하지 않고 기다린 듯이 생각을 말했다.

"실시간 뉴스 파트 프로그램으로 생활 정보 코너를 만들어 방송하면 어떨까요?"

유상진 팀장이 생각할 때면 깊어지는 미간 사이 주름이 잡혔다가 다시 펴졌다.

"전체적인 의견을 먼저 들어 보는 게 좋을 것 같다. 오혜수 너는?"
"저는 실시간 뉴스 방송의 광고를 뺐으면 좋겠습니다."

눈을 몇 차례 깜빡인 유상진 팀장은 경영진의 반응이 머릿속에 그려졌다. 미간의 주름을 꿈틀거리며 한마디 던졌다.

"얕은수를 써서 이득을 꾀하고 싶어?"

오혜수는 생각이 짧았다는 생각이 들었다.

"아닙니다."

유상진 팀장이 고개를 끄덕이고 팀원들을 보며 목소리에 힘을 줬다.

"1팀은 보도국의 브레인이다. 나는 비록 고인 물이지만 너희들은 나와 조금 다른 생각으로 구독자를 늘렸으면 한다. 광고 없는 btbc 실시간 뉴스 트레이드마크화는 노란색 딱지를 스스로 인정하는 딜레마 같은 수단이 될 수 있다."

팀원 전체 반응을 살핀 유상진 팀장이 이연진을 불렀다.

"이연진."
"예… 예예."

잠시 딴생각을 하고 있었던 연진이 얼떨결에 대답했다.

"예 말고 아이디어."
"그게…."

유상진 팀장의 표정을 살펴본 이연진이 마음을 굳히고 말을 이어 갔다.

"LED 수경재배기로 채소가 커 가는 것을 촬영하여, 실시간 뉴스 파트 프로그램으로 넣으면 어떻겠습니까?"
"누가 키워야 방송이 극대화될 것인가도 생각해 봤어?"
"글쎄요, 아직 거기까지는…."

이연진의 말끝이 천천히 늘어지며 끊겼다. 유상진 팀장은 팀원 전체를 보며 자기 생각을 말했다.

"보도국 재정 삭감 얘기가 나오는 마당에, 스타를 섭외해 이연진이 말한 아이디어를 구현하기는 어려운 실정이다. 그렇다고 우리가 식물을 키우면 전파 낭비가 될 것 같다."

유상진 팀장이 팀원들 표정을 읽으며 말을 끝냈지만 팀원들도 그 말에 공감했다. 유상진 팀장은 침묵하고 있는 팀원을 보고 있으니 한편으로 한숨이 절로 나왔다.

'탁'

유상진 팀장은 테이블을 손바닥으로 내리쳤다. 답답한 속마음이 조금은 날아가는 듯 느껴졌다.

"이젠 아나운서도 하이브리드해야 살아남는 시대다. 고령화 사회가 되면서 노년층 시청자는 변화를 반기지 않게 되었다. 그렇다고 언제까지 그들만 바라보고 있을 수는 없다. btbc 뉴스가 바닥을 치고 도약하기 위해서라도 생각이 좀 더 젊어져야 한다고 나는 생각한다. 유감스럽게도 해외 워크숍 대가로 구독자 확대 방안 기안의 책임을 떠안게 되었지만, 책임감 있게 일에 임한다면 분명 좋은 결과를 만들 수 있다고 나는 확신하고 있다. 오전 회의는 여기서 마치겠다. 내일 오전 회의까지, 각자 기안을 만들어 다시 모인다."

펼쳐 놓은 노트를 접은 유상진 팀장이 팀원들을 바라봤다.

"만약 너희 중, 기안이 채택되면 기안자가 크리에이터로 참여할 수 있도록 방송시간을 하루 두 번 40분씩 실시간 채널에 편성해 주겠다."

잠시 말을 멈춘 유상진이 부탁하듯 팀원들에게 말했다.

"열심히 해 보자."

# 박정자

오혜수는 다이어트 도시락으로 저녁을 먹고 침대에 누웠다. 주말 휴식 없이 업무가 이어져 피로가 계속해 쌓여 왔었다. 새벽에 뉴스를 하는 날이면 숙직실에서 선잠을 자고 뉴스를 진행하지만 오늘은 입 주변 피부가 간질간질했다. 이런 상태로 오래가면 꼭 입술 주변에 수포가 돋아났다. 만병의 근원이 피로라는 말이 오늘은 확 느껴지는 날이었다.

퇴근하여 집에서 숙면하게 되면 금방 괜찮아지는 편이라 집으로 퇴근했다. 잠을 자기 위해 먹는 것, 씻는 것을 대충했다. 오리털 이불을 덮고 막 잠들 참이었다.

'지이잉… 지이잉… 지이잉…'

협탁 위에서 전화기가 진동했다. 엄마였다. 잠에 취해 가라앉은 목소리로 전화를 받았다.

"무슨 일이에요?"

"자고 있었니?"
"네."

박정자는 여느 때라면 더 자라고 하고 끊었겠지만 VIP 회원제 결혼 정보 회사 커플스 이규선 팀장의 전화를 받았었다. H그룹 회장님께서 아나운서를 손주며느리로 들이고 싶어 하신다고, 아침뉴스 진행자 오혜수 아나운서의 이미지가 좋다고, 주선 날짜가 언제쯤 좋겠냐는 것이었다. 딸에게 빨리 확인해 봐야 했다.

"지금 8시인데 벌써 자니?"
"피곤해서요."
"지금 잠잘 때가 아니다."
"왜요."
"너 홍콩 갔다 왔다며?"
"그런데 왜요?"
"왜는, 외국 갔다 왔으면 아버지께 전화라도 드렸어야지. 자식 교육 잘 못 시켰다고 역정 내신다."
"일로 다녀온 거예요, 아버지가 그러실 분이 아니신데……."
"아무튼……."
"하실 말 있어서 전화하셨죠?"

오혜수가 엄마 전화를 불편하게 생각해 박정자는 남편 핑계로 곧잘 전화를 걸었다.

"사귀는 사람 있니?"

오혜수는 엄마 말에 머리가 아파 왔다. 결혼 잔소리로 불편해 독립했는데……. 엄마의 레퍼토리가 시작되었다.

"그 얘기는 그만 좀 물어보면 안 돼요?"
"노현정, 김민형, 이다희도 너 나이 때 시집갔다."

박정자가 재벌가로 시집간 아나운서 이름을 나열했다.

"너 곧 29살이야. 더 나이 먹어 봐라, 좋은 혼처는 나오지도 않는다."

오혜수는 울고 싶었다, 엄마와 싸워도 달라지는 게 없었다.

"엄마 결혼 얘기 계속하면 저 전화 끊어요."
"커플스에서 H그룹 3세를 주선했다."
"엄마, 정략결혼 싫다고 했죠. 전화 끊을게요."

오혜수는 불퉁스럽게 전화를 끊었다.

'지이잉… 지이잉… 지이잉… 지이잉…'

엄마가 보내는 진동음을 들으며, 냉장고에서 영양 마스크 팩을 꺼내 얼굴에 붙였다.

짜증에 달아올랐던 마음도 오직 자야 한다는 생각에 사그라들었다. 수분이 말라 버린 마스크 팩을 떼 내기도 귀찮아 그냥 까무룩 잠들고 싶었다.

'지이잉… 지이잉…'

협탁 위 핸드폰의 진동이 울렸다. 습관적으로 폰을 봤다. 입력되어 있지 않은 번호가 어디선가 본 듯했지만 쏟아지는 잠에 취해서 잠이 들고 말았다.

* * *

다음 날, 오혜수는 상암 미디어시티 btbc 방송국 아침 라이브 뉴스를 마치고 통창 밖을 보며 레몬차를 마시고 있었다. 이연진이 다가왔다.

"언니 무슨 일 있어?"
"일? 있을 게 뭐 있어."

오혜수는 덤덤히 말했다. 이연진이 의심스러운 눈빛으로 다가와 오혜수의 얼굴을 살펴봤다.

"아닌데! 내 눈은 못 속여. 뭐 있지?"
"얘 봐라? 어딜 넘겨짚어."

오혜수는 검지손가락 끝으로 다가온 이연진의 이마를 밀어 얼굴을 떨어뜨렸다.

"봐, 봐. 리액션 하는 게."
"하는 게 뭐?"

오혜수가 이연진의 말을 자르고 헛소리 말라는 듯 말했다.

"언니 그날."

오혜수가 의문이 가득한 눈으로 연진을 봤다.

"그날 있잖아 우리 홍콩에서 오던 날."

'그게 어째서?'라는 표정으로 오혜수는 이연진을 봤다.

"그날 언니 이상했던 것 알아요?"
"얘는, 내가 언제?"

그날 공항에서 코트 주머니에서 여권에 딸려 속옷이 나왔었다.

"그날 언니 바로 뒤라서 분명히 봤는데……."

이연진이 말하는 중에 오혜수의 핸드폰이 진동했다.

'지이잉… 지이잉…'

어저께 받지 않았던 그 전화번호였다.

"안녕하세요, 오혜수씨."
"네, 안녕하세요."

이연진이 표정으로 누구냐고 물어보았다. 오혜수는 짐짓 태연한 표정으로 이연진에게 가만히 있으라는 신호를 하고 현서진 회장의 전화를 받으며 자리를 옮겼다.

# 현진그룹 본사를 가다

금요일 오후 흰색 포르쉐 911 GT3가 상암 미디어시티에서 출발하여 판교 현진그룹 본사에 도착했다. 본사 건물은 직사각형이 원형과 연결된 빌딩이었다.

'딸깍'

긴 생머리를 손으로 빗어 넘기고 페레가모 간치니 앵글 부츠 블랙을 신은 오혜수가 포르쉐 911 GT3 운전석 문을 열고 나왔다. 마중 나온 이선필 비서를 본 오혜수의 얼굴이 굳어졌다.

"현서진 회장님은 잘 계시죠?"
"예, 기다리고 계십니다."

이선필 비서와 나란히 서서 엘리베이터를 기다리던 오혜수가 연구소 간판을 봤다.

"채플 저곳은 성당인가요?"

웃음을 머금은 이선필 비서가 질문이 익숙한 듯 대답했다.

"아닙니다. MIT 공대 채플과 많이 닮아서 연구소를 채플로 부르다 보니, 자연스럽게 연구소 이름으로 굳어졌습니다. 채플 연구소는 창은 없지만, 최고의 환기 시스템을 갖추고 있어, 회장님께서도 가장 시간을 많이 보내는 곳입니다."
"현서진 회장님은 연구소에서 뭘 하세요?"

이선필 비서의 얘기를 듣고 무심결에 물어보게 되었다.

"그건 회장님께 직접 물어보시는 게 좋을 것 같습니다."
"네 알겠어요."

비서를 보내 마중하는 사람인데. 서운함이 스멀스멀 오혜수의 마음을 찢어 놓고 있었다.

'갑자기 중요한 일이 생겼을 거야, 그게 아니면 어떻게 내게 이래!'

내가 별로인가. 그때는 별것 아닌 것처럼 행동했지만 오혜수는 남자의 몸을 모르는 사람이었다. 그를 만나기 전까지는. 나이가 있어 숫처녀인 것을 들키는 게 싫어서 그가 하는 것에 맞춰 갔었다. 고통이 쾌락이 되어 돌아올 때쯤 그가 짓이기는 모든 것에 본능적으로 반응하며 그를 더 거칠고 사납게 움직이도록 했었다. 그의 체중에 눌리고 피부와 피부가 맞닿아지면서 전율처럼 느껴지는 흥분이 4년 차 아나운서인 자신의 목소리를 갈라 놓았다.

어쩌면 그가 좋아서 비음이 터지는 것을 완전히 참아 내지 않고 신음하듯 흘렸던 걸지도….

그를 더 욕구에 더 사로잡히게 해 자신을 미친 듯 탐하며 짓이기도록 유도했던 걸지도….

첫 남자인 그를 내 남자로 만들고 싶어서 깊숙이 숨어 있던 엉큼함으로 꺼지려는 그를 살려 밤새도록 그의 허리가 요동칠 수 있도록 그의 성욕을 자극했었다. 28년 간직했던 순결에 대한 보상을 받고 싶었는지도 모른다. 자신이 고이 지켜 온 것을 가져간 남자에게 기억되고 싶은 바보 같은 순정이 그의 체액으로 더럽혀지는 그 순간까지 그를 자극하기 위해 더욱 세밀하게 허물을 벗듯 움직였는지도 모른다.

그가 몸을 떨며 뜨거운 것의 분출을 마치고 체중의 압박감이 약해지려고 했을 때, 색정적으로 변해 그의 몸에 휘감기며 피부를 간지럽히고 가슴을 긁고 요분질하여 더 자신을 가지도록 했었다.

"흠……."

자신의 노력과 다르게 그는 자신을 좋은 여자로 생각할 수 없었을 것이다. 남자들이 교태를 부리는 여자를 어떻게 생각하는지 알 나이니까.

어차피 잘되지도 않을 텐데. 이런 쓸데없는 생각을….

"흡."

오혜수는 마른침을 삼켰다. 그날 그가 좋았지만 성관계가 좋은 것처럼 색정적이던 자신이 생각나서…….

'미쳤지! 보자 한다고 방송까지 바꿔 쪼르르 달려왔으니.'

드라마 속 여주인공은 재벌에게 혹해 착각에 빠지고 환상을 꿈꾸던데 자신은 드라마 속 여주인공이 아니었다. 오혜수는 입 안 살을 지그시 베어 물었다.

'미치겠네, 나는 그런 사람 아니야……. 속물 진짜 아니야…….'

부정하면 할수록 사람은 자기 경험에 비추어 생각하게 된다는 사실이 떠올랐다. 설령 자신은 아니어도 다른 이들은 그렇게 생각하지 않는다는 것을… 오혜수도 알고 있었다.
입 안이 비릿했다. 자신도 모르게 피가 나도록 살을 문 것 같았다. 자포자기하는 심정으로 오혜수는 이선필 비서 뒤를 따라갔다.
현진그룹 사내 카페에 도착했다. 커피를 내리고 있는 키 큰 남자가 있었다. 너무나 자연스러워 시선이 그냥 지나쳐 창 너머의 숲을 보았다. 12월 말의 숲은 나무의 앙상한 가지가 고스란히 보이고 있었지만 위에서 아래로 트인 구렁텅이며 부드럽게 올라간 봉우리까지 적나라하게 드러낸 청계산 자락이 마음을 끌었다.

오혜수가 키 큰 남자를 다시 봤을 때 왠지 뒷모습이 낯익다는 생각이 들었다. 눈에 힘을 줘 초점을 또렷하게 했다.

'쿵, 쿵…'

긴장을 지우고 있었는데, 현서진 회장을 알아본 순간 평온하게 뛰던 심장이 방망이질했다.

'안 돼.'

가만히 있으면 그때의 아릿함이 느껴져 손에 땀이 배어 나올 것만 같았다. 이선필 비서가 눈치 못 채게 호흡을 골라 가며 심장을 달랬다.

"저… 회장……."

이선필 비서가 현서진 회장을 보고 부르려고 했다.

"잠시만요! 비서님."

급하게 오혜수가 이선필 비서의 말을 제지했다. 이선필 비서가 왜 그러느냐는 듯 쳐다봤다.

"제가 할게요."

"아… 예, 알겠습니다."

가볍게 숨을 고른 오혜수가 현서진 회장에게로 걸어갔다.

"안녕하세요? 현서진 회장님."
"반가워요."

인사성이 짙게 느껴지는 정담을 몇 마디 나누자 두 사람 사이에 어색함이 많이 사라졌다. 현서진 회장은 자신의 집무실로 오혜수를 안내했다.

버티컬이 올려진 창밖을 통해 숲이 보이는 현서진 회장의 집무실은 비교적 검소했다. 그를 따라 편안한 자세로 서서 숲을 보며 커피를 마셨다. 오혜수는 신맛과 쓴맛이 적당히 느껴지는 아메리카노를 좋아하는데, 현서진이 내려 준 커피 맛이 그러했다.

# 서기철 국장

"팀장님! 국장님이, 너무하시는 것 아닙니까? 어떻게 저희를 빼고 1팀에게만 유튜브 단독 코너를 편성해 주는 거예요. 팀장님께서 너무 무르게 하셔서 저희 2팀이 이런 대접을 받는 것 아닙니까?"

2팀 김여후 팀장은 오정연 차장의 말에 성질이 확 치밀었다.

"야 오정연, 그게 뭔 말이야. 내가 물러서 우리 팀이 대접을 못 받다니? 너 이제껏 나를 그딴 식으로 본 거야?"

붉으락푸르락하는 얼굴로 김여후가 오정연에게 말을 쏘아 댔다. 기세에 눌린 오정연은 조심스럽게 말을 했다.

"그게 아니고 실시간 뉴스 신규 구독자 확보 기안이 1팀에서 채택되면 크리에이터로 하루 두 차례 방송을 편성해 준다고 해서요."
"누가 그래?"

"1팀 이연진 아나운서가…."

김여후 팀장은 처음 듣는 얘기지만 짚이는 것이 있었다. 화를 삭이는 표정이 확연한 김여후가 오정연에게 목소리를 깔고 말했다.

"오정연 너, 내가 낙하산이라고 은근히 무시하더라!"
"그런 적 없습니다."
"없어? 그러면 내가 여자라 우습게 보여 그랬니?"
"아니요."
"방송국 밥은 내가 너보다 5년은 더 먹었어."

오정연이 고개를 살짝 들다가 내려 보는 김여후 눈과 딱 마주쳤다.

"헉."

놀라서 순간 움츠린 오정연이 고개를 숙였다.

"죄송합니다."

오정연의 기세가 꺾여 보이자 김여후는 달래듯 말했다.

"오정연 고개 들어. 그 내용 내가 좀 확인해 볼 테니 확실해질 때까지 입 닫고 있어."

김여후가 3팀 정인세 팀장을 휴게실로 불러냈다.

"선배 왜 불렀어요?"

한양대학교 신문방송학과 2년 후배인 정인세는 사적인 자리에서 꼭 김여후를 선배라고 불렀다.

"정 팀장, 서기철 국장님께 아나운서가 크리에이터로 하는 btbc 유튜브 방송 얘기 들어 봤어?"
"아니요."

금시초문인 듯 정인세 팀장이 멀뚱히 말했다. 김여후가 휴게실을 나가려 했다. 정인세가 김여후를 불렀다.

"선배, 그냥 가게요?"

용건 끝났는데 왜 그러느냐는 듯 김여후가 정인세 팀장을 보았다.

"이렇게 선배랑 둘이…"
"둘이 뭐?"
"커피 마시며 그 얘기 같이 좀 하자고요."

정인세가 김여후의 눈치를 보면서 말을 했다.

"유상진 팀장한테 확인하고."
"뭘 확인하는데요?"

한심한 듯 정인세 팀장을 본 김여후는 1팀 아나운서가 크리에이터로 유튜브 방송을 한다는 얘기를 정인세에게 설명해 줬다.

"뭐예요? 저희와 한마디 상의도 없이 국장님이 대놓고 유상진 팀장을 밀어주시겠다는 건데, 이럴 거면 3개의 팀으로 나눈 의미도 없는 거잖아요. 뉴스 딜리버리 아무리 오래 해도 저희를 누가 기억이나 해 줘요. 막말로 옷 벗고 프리랜서 선언하려 해도 손가락 빨까 봐 간 쓸개 다 빼놓고 굽신거리는데, 이건 아니죠, 경합해야죠. 아나운서로서 제대로 얼굴 알릴 기회인데."

정인세가 감정이 끓어오르는지 씩씩댔다. 김여후는 정인세 팀장 말에 탄복되어 유상진 팀장을 찾아가려는 생각을 바꿨다.

"그렇지, 유상진 팀장한테 물어볼 때가 아니지…. 정 팀장, 나랑 국장님께 따지러 가자."

* * *

'똑똑'

국장실 문을 두드린 김여후 팀장은 정인세 팀장과 함께 국장실로 들어

갔다. 노크 소리에 답을 하려던 서기철 국장이 얼굴이 상기되어 거칠게 들이닥친 두 사람을 멀거니 쳐다보았다.

"국장님, 1팀에 크리에이터 방송 허락해 줬습니까?"

서기철 국장이 뭔 소리를 하냐는 듯 김여후 팀장과 정인세 팀장을 쳐다봤다.

"실시간 유튜브 채널 신규 구독자 확보 기안 만들어 오면 크리에이터로 하루 두 번 40분씩 프로그램 진행하게 해 준다면서요?"
"거기들 앉아요."

이해가 된 서기철 국장이 두 사람에게 소파에 앉을 것을 웃으며 권했다. 인터폰으로 서기철 국장은 유상진 팀장을 불렀다. 세 사람이 다 모이게 되자 서기철 국장이 유상진 팀장에게 물었다.

"어떻게 되고 있어요?"

여럿이 함께하는 자리라 서기철 국장이 존댓말을 썼다.

"아직 이렇다 할 기안이 없습니다."
"일주일 안에 기안을 가져오겠다고 약속했는데 며칠 안 남은 것 같은데요. 제대로 된 기안 마련이 가능하시겠습니까?"
"저… 그게……."

이렇다 할 신규 구독자 확보 기안이 없는 유상진 팀장이 입만 달싹거리고 말았다. 서기철 국장이 김여후 팀장과 정인세 팀장을 보며 말했다.

"무슨 방법 있습니까?"

갑작스러운 질문에 두 사람이 서로 눈짓하며 침묵했다.

"사장님께서 눈여겨보는 사안입니다. 두 사람 다 1팀장에게 일을 몰아줬다고 저는 봤는데, 그게 아니었습니까?"
"……."

김여후 팀장 정인세 팀장은 한 짓이 있는지라 할 말을 찾지 못하고 꿀먹은 벙어리처럼 우물거렸다. 서기철 국장이 눈에 힘을 주고 두 사람을 쳐다봤다.

"그런데 뭐가 문제입니까? 위에서는 사활을 걸고 있는데 서로 떠넘기기 바쁘던 분들이 보상을 듣고 생각이 바뀌기라도 했습니까?"

말을 잠깐 멈춘 서기철 국장이 유상진 팀장을 봤다.

"유상진 팀장님."
"예."
"보도국 발전을 위해서 2팀, 3팀에게도 똑같은 기회를 주는 것은 어때요?"

가볍게 유상진이 고개를 까닥여 동의했다. 서기철 국장이 세 사람을 쳐다봤다.

"저도 이 문제에 대한 책임과 부담이 세 사람 못지않습니다. 이 문제를 잘 해결할 수 있다면 파트 프로그램 편성해 드리겠습니다."

유상진 팀장은 안도의 한숨을 쉬었다. 김여후 팀장과 정인세 팀장의 잔꾀에 당해 유튜브 신규 구독자 확보 기안을 만들어야 하는 상황에서 할 것은 해 주고 얻을 건 얻는다는 심정으로 일주일 안에 확실한 기안을 만들어 올 테니 무조건 부탁 하나를 들어 달라 했었던 것이, 의외의 사건으로 자신이 팀원에게 약속한 보상 문제가 해결된 것이었다.

김여후 팀장과 정인세 팀장도 눈을 반짝거렸다. 기안만 채택된다면 크리에이터로서 방송할 기회를 팀원들에게 줄 수 있게 되었다. 정인세 팀장이 서기철 국장을 보며 기한을 물었다.

"신규 구독자 확보 기안을 언제까지 만들어 오면 됩니까?"

서기철 국장 얼굴이 살짝 굳었다. 최성문 사장님께 시간이 조금 더 필요하다고 말하면, 한동안 얼마나 껄끄럽게 하실지….

"어휴…."

한숨을 내쉰 서기철 국장이 세 사람을 봤다.

"긴장들 풀어요. 사장님께 말씀드려 시간을 좀 벌어 볼 테니 다음 주 금요일 오전에 신규 구독자 확보 방안의 기안서를 함께 검토해 봅시다."

유상진 팀장은 이 문제를 잘 해결하면 '하이 리스크 하이 리턴'이 될 것이라는 생각이 들었다. 손바닥을 펴 보았다. 한번 잡았던 기회에 대한 허탈감보다는 다시 확실히 잡을 수 있을 것 같은 느낌이 들었다.

팀으로 돌아온 유상진 팀장이 아무나 대답할 수 있게 큰 소리로 물었다.

"오혜수는 복귀했니?"
"아직 돌아오지 않았습니다."

방송을 준비하고 있던 배동준 차장이 대답했다.

"이연진은?"
"오혜수를 대신해 퀴즈 프로그램 녹화를 지원하고 있습니다."

유상진 팀장은 의자 깊숙이 등을 기대고 앉아 눈을 감았다.
급할수록 마음을 비워야지!

"허허허."

조급했던 자신을 생각하니, 자조 섞인 웃음이 나왔다.

## 집무실에서

현서진이 빈 커피 잔을 받아 손에 든 빈 컵과 포개어 책상 위 한쪽에 올려놓았다. 떡하니 책상 위에 걸터앉은 현서진이 오혜수를 옆에 앉게 했다. 책상 위에서 보이는 바깥 풍경은 앙상한 나뭇가지가 흔들리며 겨울의 느낌을 물씬 느끼게 하고 있었다. 현서진의 손이 오혜수의 무릎 위에 가볍게 올려졌다.

"좋죠?"
"네에."

오혜수의 목소리가 미미하게 떨렸다. 현서진이 오혜수를 보았다.

"추워요?"

생경한 현서진의 스킨십은 오혜수의 사고를 일시적으로 마비시켜 버렸다.

"추워서 떨리는 게 아니에요."

얼굴이 빨갛게 달아오른 오혜수가 감전이라도 된 사람처럼 몸을 움찔거리며 현서진을 쳐다보았다. 현서진의 눈이 오혜수의 동공에 반응하여 한 차례 흔들렸다.

"그러면요?"

흥분을 참아 내느라 식은땀까지 흘리는 오혜수를 지켜보던 현서진이 선명하고 적당히 도톰한 오혜수의 입술을 덮쳐 버렸다.

      \*   \*   \*

대중교통을 잘 이용하지 않는 그가 지하철을 타게 되어서 오혜수를 처음 보게 되었다. 유유안, 클럽 셀라비, 칵테일 바, 구룡 샹그릴라 홍콩 호텔 룸, 현진그룹 본사로 장소가 바뀌며 만남은 계속 이어졌다. 다만 만남의 기간이 짧았다. 오늘 그가 오혜수와 덤덤히 끝날 수 있었더라면 불안정 시기에 쉽게 들끓게 되는 호르몬 현상은 정상을 찾게 되었을지 모른다.

하지만 상황이 좋지 않았다. 한 달 중 가장 예민한 시기에 있었던 오혜수가 현서진이 격발시킨 흥분에 몸을 파르르 떨며 현서진의 머리를 끌어당겨 불덩이가 되어 버린 엉큼한 그곳을 탐하게 만들고 있었다. 욕정에 사로잡혀 충혈된 눈으로 현서진이 오혜수의 옷을 한 꺼풀씩 벗겨 나갔다. 거칠게 숨을 내쉬고 들이마시는 현서진은 이곳이 자신의 회사이고 업무를 보는 집무실이라는 것조차 잊은 사람처럼 그녀의 교성에 공명하여 탐하고 헤집으며 거칠게 자신도 옷을 벗어 던졌다.

## 팀플레이로 전환

배동준 차장의 전화 메시지를 받고 오혜수는 긴급히 상암 btbc 사옥으로 복귀했다.

"그래서 목요일 퇴근 전까지 파트 프로그램 콘티까지 만들어야 한다고요?"
"팀장님 이글거리는 눈을 봤다면 너도 우리처럼 '예.' 그럴 수밖에 없었을 거다."
"언니, 배동준 선배 말이 맞아! 구독자 확보 기안 보도국 2팀, 3팀도 하게 되어서 팀장님 열받으셨거든요."
"그래서 두 사람 다 이 시간까지 저녁도 안 먹고 있는 거예요?"
"btbc 실시간 방송 크리에이터를 너희 둘은 어떻게 생각하는지 모르지만, 나, 팀장님은 장래가 걸린 문제야."
"예? 선배는 왜요?"
"큰애가 내년에 미국으로 유학 보내 달라고 해서 애들 엄마가 알아보고 있거든."
"민철이 내년에 중학생 아니에요?"

배동준이 고개를 까닥여 대답하고 말을 이었다.

"민철이 친구가 초등학교 4학년 때 어학연수 하러 해외로 나가서, 민철이도 해외연수 보내 달라는 걸 중학교 가면 보내 준다고 달래 왔었더니……."

굳이 더 말하지 않아도 돈 때문에 고민하는 것을 오혜수와 이연진은 알 수 있었다.

"선배님 프리랜서로 나가시려고요?"

이연진이 말했다.

"지금은 어렵겠지만 크리에이터로 인지도가 높아지면 도움이 되겠지!"
"아서요, MBC 간판 아나운서 오상규 아나운서도 프리랜서로 나갔다가 사라지는 판에 크리에이터로 조금 얼굴 알린다고 성공 보장은 안 될 거예요."

오혜수가 걱정스러워 한마디 했다. 배동준도 모르는 것은 아니었다. 하지만 당장 내년부터 아들 어학연수를 위해 아내를 함께 해외에서 생활할 수 있도록 뒷바라지까지 생각하지 않을 수 없었다.

*  *  *

프리랜서로 성공한 아나운서들이 여러 방송사의 굵직한 프로그램을 종횡무진 싹쓸이하고 있었다. 그만큼 그들은 시청률을 보장하고 있는 반증이었다. 어설픈 상태에서 프리랜서의 길을 선택하면 빛조차 못 보고 그야말로 이혼 각이 된다. 그러함에도 아들 뒷바라지를 생각하면 뭐라도 하지 않고는 안 된다는 절박함이 생겨났다.

돌파구를 찾아야 하는데…….

유상진 팀장이 카리스마를 뿜고 계시니, 위쪽은 기류가 강맹하여 자신이 낄 상황이 아닌 것 같았다. 자신의 위치에서 할 수 있는 것은 기안을 잘 만들어 크리에이터 기회를 잡는 것이었다.

"알고 있다. 너희들 콘티 방향 정했어?"

씁쓸하게 대답한 배동준이 두 사람에게 물었다. 오혜수와 이연진이 말해도 될지 눈치를 보며 주춤거렸다.

"야, 아무리 내가 너희 아이디어 가로챌까! 이제는 팀플레이로 바뀌었잖아. 한 팀으로서 힘을 모아야지."
"선배, 우리가 이기면 밀어 달라고 그럴 것 아니죠?"

가족까지 팔았는데 오혜수가 선배 입장 고려 못 해 주겠다는 것이었다.

"당연하지 언제 내가 그런 짓 하는 것 봤니? 하하하……."

실없이 웃어 가며 배동준이 품위를 살리려 했다.

두 사람이 배동준 차장을 의심스러운 눈빛으로 계속 쳐다보았다. 오혜수는 그렇다고 하지만 이연진까지 이번에는 단단한 눈빛을 하고 있었다.

"표정들 풀어. 진짜 얌체 짓 안 한다니까. 콘티 기여도로 독식하면 되잖아?"
"하하, 정말로요?"
"호호, 선배 우리가 언제 선배를 안 믿고 그런 적 있나요. 그렇지, 연진아!"
"네, 언니!"
"하하하."
"<u>호호호</u>."

얄밉게도 두 사람은 죽이 잘 맞았다.

## 채플 연구소

오혜수가 다녀가고 현서진은 머리가 복잡했다. 늦은 금요일 오후 팔짱을 끼고 집무실 의자에 웅크리고 있던 현서진이 퇴근 시간이 되어 비서진과 수행 기사를 퇴근시킨 후 채플 연구소로 향했다. 일에 집중하면 복잡한 머리가 조금은 비워질 것 같았다.

채플 연구소는 현진그룹 본사 빌딩 최상층부 20층에서 수평으로 연결되어 있었다. 건축 설계부터 현서진이 계획해 지어진 빌딩이다 보니 접근성이 아주 좋았다.

현서진이 채플 연구소 강철 문 앞에 멈춰서 손바닥을 리더기에 올리고 렌즈를 보았다. 보안 등급이 매우 높아서 지문, 손금, 안면 인식, 홍채 4가지 모두 일치했을 때 문이 열렸다.

'띠링'

일치 알림음이 울렸다.

'스르륵'

육중한 강철 문이 전동력으로 부드럽게 위로 올라갔다. 연구소 입구 전시관에는 뇌파에 반응하는 구형 오토 장치와 캡슐이 유리관에 전시되어 있었다. 엘리베이터를 타고 한 층 내려간 현서진이 2차 보안 문을 열었다.

중앙통제실을 지나 휴식 룸 욕실에서 간단하게 샤워를 하고 탈의실에서 피부와 밀착해 생체 신호를 다중 처리하는 스판 패드를 입었다. 캡슐실로 이동한 현서진은 자코(자이로스코프 개량형 장치)에 고정되어 있는 인체모형의 캡슐아머 속으로 들어갔다. 캡슐아머를 닫은 현서진이 생체 신호를 슈퍼컴퓨터와 동기화했다.

*현서진님, 채플에 오신 것을 환영합니다.*

시스템 채플이 환영 인사를 했다.

*건강을 체크하겠습니다.*
*건강 상태 능력치 숙달도를 상태 창에 표시하겠습니다.*

현서진이 건강 상태를 확인하고 매뉴얼 창으로 전환했다. 뇌파로 이천 식품 가공 공장에 접속했다. 자동화율 95%를 구현한 이천 식품 가공 공장이 채플 메타버스와 동기화되어 있었다.

원자재 재고, 생산량, 재무 현황을 확인했다. 식품 가공 생산 라인 구역에 고스트 아바타를 생성했다. 아바타는 채플 연구소 캡슐아머의 움직임과 일체화되어 생체 신호를 통해 오감을 완벽하게 현서진에게 전달했다. 고스트 아바타가 식품 가공 공장 전반을 돌아다녔다.

아바타의 눈으로 현장을 확인하면 서류와 일치성과 설비 가동 상태를 세밀하게 점검할 수 있었다. 2번 가공라인 컨베이어에 나사가 풀려 있었다. 현장관리 사족 AI 로봇으로 동기화 의식을 전환해 로봇을 컨트롤하여 볼트를 조였다.

이천 식품 가공 공장은 최근 위치 센서와 카메라를 설치하고 그가 개발한 AI 프로그램으로 1:1 스캔하여 가상공간과 일체화시켜 놓았다. 현장 근로자는 가상공간의 아바타를 볼 수 없었다. 근로자의 동선에 아바타가 있을 때 중앙통제실 모니터에는 근로자가 아바타를 통과하는 것처럼 보였다. 이러한 이유로 현서진은 이천 식품 가공 공장의 아바타를 고스트라 이름 붙였다.

그룹웨어에 접속한 현서진은 이천 식품 가공 공장의 원자재 주문과 상신된 전자서류에 결재를 마치고 생체 신호 동기화를 해제했다. 일을 했더니 복잡한 머리가 조금은 비워진 느낌이 들었다.

# 홍콩에서 쓴 계약서

홍콩에서 쓴 계약서가 마음에 걸려 오혜수에게 전화를 걸었다. 어제 걸었던 전화는 연결이 되지 않았지만 오늘 오전은 바로 오혜수가 전화를 받았다.

"안녕하세요. 오혜수씨."
"네, 안녕하세요."

조심스러움이 느껴지는 목소리였다. 대뜸 계약서 얘기부터 꺼낼 수 없었다.

"잘 지내셨죠?"
"네, 잘 지냈습니다. 회장님은요?"
"저도 잘 지냈습니다."

이렇게 말을 섞다 보니 인간관계가 조금은 얽혀 있는 느낌을 받았다. 만나서 말하는 게 최소한의 도리가 아닐까? 그녀도 어쩌면 후회하고 있을지도 모르는 일이었다.

"우리 만날까요?"
"네? 언제요?"
"저는 아무 때라도 괜찮습니다."
"지금 어디에 계세요?"
"회사에 있습니다."
"현진그룹 본사를 말씀하시는 거예요?"
"예."
"알겠어요."
"오시는 겁니까?"
"네."
"알겠습니다."

막상 만나서는 계약서에 관해서는 한마디 말도 못 하고 육체적 관계에 불이 붙고 말았다. '아차' 싶었을 때는 이미 욕정으로 달아올라 자신의 집무실에서 한 몸이 되어 있었다.

그녀가 오르가슴을 느낄 때 그것에 맞춰 정염을 마지막 한 방울까지 불태우고 끝냈었는데……. 그녀가 다시금 뜨거운 입김을 쏟으며 꺼져 버리려던 욕정을 거세게 되살려 놓았다. 야릇함에 감각이 더욱 예민해져 몸에는 활기가 돌았다.

안겨 붙는 끈적임, 간드러진 교성, 쾌락에 전율하는 눈빛까지 자신은 그녀로 하여 꿈꾸는 것 같은 희열을 느꼈다. 몸매면 몸매, 얼굴이면 얼굴, 간드러진 목소리까지 어디 하나 부족한 곳이 없어 보였다. 교성을 참느라 일그러진 얼굴까지 너무 아름다웠다.

그녀가 너무나 행복해하는 것 같아 자신도 같이 행복해졌다. 그렇게 뜨겁게 달아 저 깊은 곳 마그마가 지각을 뚫고 뿜어질 듯 또 한 번 그 순간이 찾아오려는데….

'지이잉 드르륵, 지이잉 드르륵, 지이잉 드르륵'

너저분해진 책상 위에 있던 그녀의 핸드폰이 엎질러진 필기도구와 함께 진동하며 정욕에 잠겼던 그녀의 눈빛을 맑게 정화시켰다. 그녀를 보내고 한참을 생각에 잠겨 있었다.

자신에게 그녀는 뭘까? 쏟아 내지 않으면 미칠 것 같은 뜨거운 정염이 그녀에 의해 자꾸 유발되는 이유는 무얼까?

머리는 복잡한데 그것이 무엇인지, 골똘히 몰입했음에도 그 답을 찾을 수 없었다.

정액으로 얼굴이 더럽혀져도 부끄러움을 모르던 여자가 막상 갈 때는 사람들을 의식해 모자를 빌려 달라고 해 깊이 눌러쓰고 나갔다. 그녀는 자신에게 사랑이란 단어도 결혼이란 말도, 그렇다고 돈을 입 밖으로 요구하지도 않았다.

그렇다면 남는 것은 육체적 관계를 위한 행위였다. 사랑이 없는 성관계를 현서진은 지향하지 않는다. 거짓이 많으면 믿음이 만들어지지 않는 것이 당연한 것처럼 느껴져서 그렇게 사용되는 시간은 보람도 없고 너무나도 허무한 것이 될 수 있었다.

　오혜수가 돌아가고 머리가 복잡하여 한동안 아무것도 할 수 없었다. 지향하지 않는 관계를 두 번씩이나 했다. 그런데 그녀와의 관계에는 무엇이 더 있기에 허망함이 느껴지지 않는 것인지……. 현서진 스스로도 왜 그런 것인지 이유를 모르는 것같이 느껴지기에… 일에 몰입해 생각을 비워 내고 생각해 봐도 허망함이 전혀 느껴지지 않았다.

　그녀와 공통점을 찾아보니 클럽을 다닐 수 있는 같은 세대, 비슷한 나이에 에그노그 칵테일이 싫지 않고 커피 취향이 같은 것 같았다. 성행위에 가려졌던 만남을 관조해 보니 새롭게 와닿는 것들이 있었다.

　허망하지 않았던 이유를 찾아내자.

　육체적 관계 속에서도 마음의 교감이 느껴졌다. 꽐라가 된 그녀의 요구로 계약서를 장난처럼 쓰던 당시의 기억이 되살아났다.

'현서진, 오혜수는 서로의 남자, 여자가 됨을 항해의 여신 아미의 이름으로 맹세합니다.'

"오빠 다시 써. 다시 써요! 제가 불러 드리는 대로 써요. 계약서. 나 현서진은 지금부터 오혜수만의 남자가 될 것을 아미의 이름을 걸고 맹세합니다. 뭘 망설여요, 빨리 써요. 오빠 자꾸 틀리면 내가 쓸 거예요."

'계약서. 현서진, 오혜수는 나만의 남자, 나만의 여자임을 맹세합니다.'

"오빠 전화번호 적어. 빨링 히히. 그럼 나도 히히. 날짜도 썼어요, 히히.

> 오빠 도장 찍어요."
> "도장 없는데요."
> "그럼 지문 찍어요. 아앙, 빨리……."

엄지를 들어 보았다. 립스틱은 지워졌지만, 덕지덕지 칠해졌던 그때의 기억이 선명하게 남아 있었다.

[오늘 만날 수 있어요?]

현진그룹 본사에서 엘리베이터를 타고 내려오면서 마음이 시키는 대로 오혜수에게 문자를 보냈다.

[저 집으로 퇴근했어요.]
[어딘데요?]
[일산 호수공원 쪽이에요.]
[그러면 오늘은 안 되는 겁니까?]
[아니요.]
[그러면 제가 그곳으로 이동하겠습니다. 도착하면 전화하겠습니다.]

'부아앙'

현진그룹 지하 주차장을 나온 페라리 812가 판교 고속도로 톨게이트를 지나서 거친 가속음을 내며 외곽순환고속도로를 질주했다.

# 한 사람만의 여자

저녁을 먹지 않은 현서진과 오혜수는 많이 허기져 있었다. 일산 호수공원 근처 일식당에 도착한 두 사람은 금강산도 식후경이란 말처럼 스시 세트와 도시락 세트로 배를 채우고 사케도 곁들였다.

오혜수는 뉴스에서 보는 모습과 평시 말할 때 억양이 달랐다. 뉴스에서는 내용 전달을 위해 목소리에 힘을 주고, 사적인 자리에서는 평범한 또래의 일반인처럼 말하는 것 같았다. 다만 생각은 많은 듯한데 말수가 적었다.

"오혜수씨는 볼 때마다 느낌이 다르네요."
"어떤 점에서요?"
"느껴지는 분위기가 사뭇 다르게 느껴집니다."
"아……."

오혜수가 현서진 회장이 말하는 의미를 이해했다. 현서진 회장이 할 말이 있어 만나자 한 것 같아서 주로 듣고만 있었다.

"죄송해요. 제가 말수가 적어 불편해지게 만들었나 봐요. 하실 말이 있어 만나자고 하신 것 같아서요."
"그래서였군요."

살짝 미소 지으며 현서진은 생각을 정리했다. 이제 와 계약서에 부담 가질 필요 없다고, 법적 효력도 없으니 계약서는 없던 것으로 하자고 말한다면, 오혜수가 볼 때 자신이 싫다는 뜻으로 받아들이거나 먹튀하려는 나쁜 놈이 될 것만 같았다.

"휴……."

현서진이 가볍게 한숨을 내쉬었다. 전화로 말하지 않은 것이 천만다행이었다. 관계 얽힘을 깨닫게 된 지금은 상황이 많이 달라져 있었다. 사람은 모르는 사람에게 상처받지 않는다. 그러나 관계가 얽혀 있는 사람이 앙금을 만들면 반드시 언젠가는 대가를 치러야 하는 것이었다.
어설프게 계약서를 운운하여 모멸감을 안겨 줄 위험을 떠안을 수는 없었다. 제대로 말하는 게 백배 나아 보였다.

"우리 두 사람, 서로에 대해 아는 것이 너무 없습니다. 막연한 얘기보다 구체적인 질문을 해도 될까요?"
"네."

오혜수가 단단한 눈을 하고 대답했다.

"보통 사람들은 재벌을 만나게 되면 돈, 결혼 등 원하는 게 있습니다. 우리의 계약서에는 구체적 문안이 적시되어 있지 않습니다. 오혜수씨는 계약서를 수정하고 싶습니까?"

오혜수가 물컵을 들어 한 모금 마셨다. 오혜수도 계약서에 대해 생각해 본 적 있었다. 홍콩에서의 그날 아침, 현서진 회장의 말에 계약서가 생각났을 때, 꽐라가 됐었던 흔적을 지우고 싶었다. 현서진 회장에게 이 자리에서 돈이나 결혼을 말할 수 있다고 생각하니 목이 탔다. 오혜수는 생각에 잠긴 채 물을 한 모금 더 마셨다.

결혼을 요구하는 사람에게 사랑이 생길 수 있을까?

돈을 요구하면 현서진 회장의 재력으로 문제 될 것이 없겠지만 마음이 불편할 것 같았다. 오혜수는 현서진을 봤다. 잘생기고 반듯한 이목구비에 피부까지 투명해 아이돌보다 더 아이돌 같은 꽃미남이었다. 다만 눈빛에서 느껴지는 서늘함과 가지런히 다물린 입술이 현서진 회장을 가볍지 않은 사람으로 보이게 했다.

"아니요, 저는 없습니다."
"이유를 들을 수 있을까요?"
"외람된 얘기를 해도 된다면요."

현서진이 고개를 까닥여 의사를 나타냈다.

"제가 만약 결혼하게 된다면 수평적인 관계의 배우자와 하고 싶어요. 제

어머니는 값나갈 때 결혼하라고 하세요. 그게 불편해 저는 독립했습니다."
"왜요? 결혼이 싫습니까?"

현서진이 자연스럽게 오혜수의 대화 속에 녹아들며 질문했다.

"결혼이 싫다기보다는 정략결혼이 싫어서요. 새장의 새처럼 갇혀 살 수는 없잖아요."
"그것이 계약서를 수정하지 않는 이유가 되진 않습니다."
"네, 그게 이유가 아니니까요!"
"그러면 진짜 이유가 뭔가요?"
"제 어머니의 평소 말씀은, 여자는 손 탔을 나이가 되면 혼처도 없다고 말합니다."

오혜수가 말을 잠시 멈추고 현서진의 눈을 봤다.

"회장님과 관계가 끝나면 저도 그 나이가 되기 전에 빨리 결혼할 수도 있을 거예요. 어쩌면 참 좋은 분을 만나 결혼하게 될 수도 있겠죠."

오혜수의 표정이 조금은 침울해지며 현서진을 봤다. 그렇게 된다면 마음은 줄 수 있어도 저 사람이 가져간 처녀성을 줄 수는 없겠지. 오혜수가 입술을 살짝 베어 물고는 언제 침울했었냐는 듯 환하게 웃었다.

"지금 우리가 같이 있잖아요. 저는 틀에 박힌 것을 싫어해요. 저는 제가 할 수 있는 것을 할 거예요. 현서진 회장님만의 여자는 제가 할 수 있는 거잖아요. 나만의 남자는 제가 할 수 없는 거니까!"

현서진도 웃었다.

"그렇다면 호칭부터 좀 바꾸는 게 어떨까요? 사적인 자리에서 회장님 소리 오혜수씨에게 더는 듣고 싶지 않습니다. 현서진씨 또는 서진씨. 이렇게 불러 줬으면 좋겠습니다."

호칭을 바꾸고 대화를 이어 가자 대화의 외향이 오혜수가 말하는 수평적 느낌을 주며 자연스럽게 정착되었다.

"그래서 오혜수씨는 콘티를 어떻게 짰어요?"
"아직 임팩트 있는 아이디어가 없어요. 다들 비슷비슷해서 위에서 마음 가는 팀 기안을 채택해 줘도 할 말 없을 것 같아요."
"팀 어디든 아이디어만 채택되면 btbc 실시간 뉴스 유튜브 구독자 확대는 되는 겁니까?"

오혜수가 고개를 저었다.

"답답해요. 저희 팀장님이 자신을 고인 물이라고 말씀하시는데, 저희도 고인 물에 오염됐나 봐요."

사케가 여러 병 비워지자 오혜수는 현서진 앞에서 마음을 완전히 내려놓았다. 때론 현서진씨, 오빠, 서진 오빠 섞어 가며 애교도 떨었다.

"오빠! 채플 연구소 뭐 하는 곳이에요?"
"별것 없습니다."
"에이, 거짓말. 이선필 비서가 거긴 보안이 장난 아니라고 하던데요?"
"진짜 별것 없습니다. 일하면서 운동하는 저의 놀이터입니다."
"저도 보여 주면 안 돼요? 저 아이디어 없어 답답해요. 오빠, 오빠."

발그레해진 얼굴로 애교 부리는 오혜수의 얼굴이 참 귀여웠다.

"그러시면 시간 될 때 연락하고 오세요."

그날 밤 현서진은 오혜수의 오피스텔에서 밤을 보냈다. 12월 24일 토요일 크리스마스이브, 주방에서 달그락대는 소리에 낮 12시가 다 되어 현서진이 오혜수의 침대에서 눈을 떴다. 손으로 마른세수를 한 현서진이 보글보글 찌개를 끓이면서 식탁에 음식을 차리고 있는 오혜수를 보았다.

"오빠 일어났어요? 아점 준비 다 되어 가요. 씻고 앉으세요."

## 오재승 교수

크리스마스를 맞아서 오혜수는 부모님이 계신 한남동 더힐 아파트를 찾았다. 박정자는 커플스 이규선 팀장이 보내 준 H그룹 3세의 프로필과 사진을 챙겨 서재로 향했다.

오혜수의 아버지 오재승 교수는 카이스트에서 바이오 및 뇌 공학 정교수였다. 《인지하는 뇌》, 《뇌의 신비》, 《뇌 의식의 자기방어》 등의 베스트셀러 저자, 뇌 공학 분야 한국인이 존경하는 위인 1위, 세계적 학회 초빙 교수, 다보스포럼 수상, 글로벌 리더 선정 등 다수의 수상 경력을 가지고 있었다.

오재승 교수는 내년에 만 66세로 정년퇴직한다. 업적이 많고 카이스트에서도 만 15년을 근무하여 명예교수 자격을 갖추어 추대를 추진 중이었다.

"정말로 퇴직하시면 시골에서 살 거예요?"

오재승이 웃음으로 대답을 대신했다.

"엄마는요? 동의하셨어요?"

'시골 가시면 큰 병원도 가기 힘들고 불편한 일 많이 생길 텐데, 시골에서 살 생각이라니….'

"엄마도 알고 계세요?"
"너에게 가장 먼저 알리는 거다. 네 엄마는 동의하지 않을 거다."

문을 거칠게 열며 핏기가 사라진 얼굴로 박정자가 들어왔다.

"뭐라고요? 시골 가서 어떻게 살아요?"

충격을 받았는지 박정자는 몸을 휘청였다. 오혜수가 엄마를 부축했다. 결혼 문제로 부딪치고는 있지만 엄마가 어떻게 살아왔는지 가장 잘 아는 사람이 오혜수였다.
아버지는 항상 일밖에 모르시는 분이었다. 자신과 연년생 동생 오혜성은 엄마의 영향을 받으며 성장했다. 엄마가 딸 결혼에 집착하는 이유는 가족과 시간을 많이 가질 수 있는 배우자를 오혜수와 엮어 주기 위해서였다.

아버지는 큰 틀에서 자녀에게 방향을 잡아 주었을 뿐 뇌 연구에 심취하여 가족에게 무심했다. 자신과 오혜성은 아버지의 사랑을 많이 받지 못하고 자라났다. 오혜성은 군대 제대 후 서울에서 먼 부산항만공사 채용 공고에 응시하여 합격과 동시에 부산 중앙동으로 독립했다.

어머니는 오혜성이 아버지를 닮아서 사랑을 모른다고 아버지와 다투셨다. 그날 아버지는 전문 지식을 들먹이며 황당한 논리를 펼치셨다.

> "뇌의 내측 전전두피질이 당신 자신을 인지하는 부분이고 뇌의 그 지점에서 가장 가까운 지점이 자식을 인지하는 부위라고……."
> "그게 무슨 뜻인데요?"

자식은 엄마 뇌를 닮는다. 아들이 사랑이 없는 것은, 엄마에게 문제가 있기 때문이라고…. 아버지 말에 충격을 받은 엄마는 머리가 하얗게 되어 말도 더듬고 손도 떨었다.

"카이스트에서 명예교수로 추대한다는 언질을 받으셨을 텐데, 시골로 가시려 하세요?"

오혜수가 오재승 교수에게 물었다. 오재승이 아릿한 눈빛으로 오혜수를 봤다.

"미안하구나."

아버지의 눈이 참 슬퍼 보였다.

"시골 가시면 뭘 하시게요?"
"전망 좋은 땅을 좀 샀다."

"땅을요?"

오혜수가 눈이 커져서 말했다.

"농사라도 지어 보시게요?"
"안 돼요, 나는 못 가요."

박정자가 탄식하며 말했다.

"우리가 농사를 지으려는 것은 아니오. 내 건강 때문에 시골에 가려 하는 것이지."

오재승이 박정자를 달랬다.

* * *

오재승의 바이오 및 뇌 공학 분야의 명성이 거저 얻어진 것은 아니었다. 그 명성을 얻기 위해서 이루 말할 수 없는 실험을 했었다. 그 과정에서 불법이라는 것을 인지하고도 실험에 협력하거나 어떤 부분은 욕심으로 주도적 역할을 했었다.

정년을 몇 달 앞두고 정리하는 의미에서 발자취를 되돌아보다가 공황 장애가 찾아왔다. 자신의 뇌 공학 지식에 피와 살이 되어 준 피실험자의 얼굴이 자꾸만 떠올라 심장이 빨리 뛰고 식은땀 증상을 보였다. 최근에는 오래전 생명과학 연구소 연구원들과 보았던 코마 상태의 피실험자 얼굴이 떠올랐다.

"시골로 가서 뭐 하게요?"
"캠핑장을 계획하고 있소."
"집에서 손에 물 한 방울 안 묻혔던 당신이 캠핑장을 어떻게 관리하려고요?"
"건강을 찾으려는 목적이면 병원 가셔야죠!"
"캠핑장 관리는 사람을 쓸 생각이오."
"애들 결혼은 어떻게 하려고 명예교수직도 마다하고 시골로 가려 하세요?"
"엄마는 이 상황에서 결혼 얘기를 하세요?"
"너는 너무 몰라! 아버지가 받쳐 주지 않으면 상대가 널 맘에 들어 해도 그 집안에서 반대할 거다. 너희 아버지가 은퇴하시면, 여기 H그룹 3세와 결혼이 가능하겠니?"

박정자가 커플스 이규선 팀장으로부터 받은 프로필을 오혜수에게 보이며 말했다.

"엄마 그만 좀 하세요. 제 인생이잖아요. 저희 집안을 문제 삼는 재벌이라면 결혼해도 불편해서 어떻게 살겠어요. 저는 저를 위해 주는 사람과 결혼할 거예요."
"아이고."

박정자가 답답하여 가슴을 치고 오재승을 보았다.

"병원은 가 봤어요?"

근심이 가득한 얼굴로 박정자가 물었다. 오재승이 고개를 까닥여 대답을 대신했다.

"무슨 병인데요?"
"공황장애로 진단받았소."
"당신 나이에 공황장애라니요……."

박정자가 한탄하는 어조로 읊조렸다. 애잔한 표정을 하고 오재승이 박정자의 어깨를 가볍게 두드려 주고 말했다.

"걱정하지 마시오, 난 괜찮아질 거요."

# 운교산 캠핑장 예정지

계묘년 1월 3일 화요일, 오혜수는 하루 휴가를 냈다. 오전에 부모님과 강원도 영월 캠핑장 예정지를 보기로 했다.

"우와……."

오혜수는 한참 동안 입을 다물지 못했다. 경치가 너무 아름다웠다.

"판타스틱, 판타스틱, 판타스틱…"

탐탁지 않게 생각하고 있었던 박정자도 경치에 매료되어 '판타스틱'을 연호하며 입을 다물지 못했다. 오재승은 눈을 감고 팔을 벌린 채 깊게 숨을 들이켰다. 신선한 공기가 폐부를 가득 채우며 상쾌함을 주었다. 이곳에 와 보고 캠핑장을 떠올린 것은 운교산 자락에서 예미산, 질운산, 민둥산 봉우리를 눈 아래로 둘 수 있기 때문이었다.

"이야, 좋다."

다시 봐도 좋았다. 경치만 보고 있어도 배가 부른 것 같았다. 잠깐 머무르고 있는 동안에 피로도 풀리고 잠시나마 상념이 다 날아가 버린 것 같았다.

오혜수는 아버지 표정을 보고 살며시 웃었다. 밭 옆에는 개울이 있었다. 투명해 보이는 맑은 물속 작은 돌을 들어내면 가재와 도롱뇽을 볼 수 있을 것만 같았다.

"아버지, 캠핑장 하시면 찾아오시는 손님들이 경치만으로도 힐링되시겠는데요."

아버지 표정이 어색했다. 뒤통수가 따가웠다. 돌아서니 엄마가 쏘아보고 있었다. 아버지 건강이 우선이라고 생각하지만 도시만 살았던 엄마는 생각만으로도 시골 삶이 막막하신 듯 얼굴에 그늘이 만들어져 있었다.

"캠핑장을 만들어도 4월 말부터 11월 중순까지 영업하고 나머지는 서울 집에서 살 거요."

오재승이 박정자의 표정을 보고 가볍게 한숨을 내쉬고, 말을 길게 덧붙였다.

"후배가 윤경필 건축사를 소개해 줘 관리사무실과 편의시설만 있게 설계하기로 했소. 이곳은 내가 요양을 위해 내려올 곳이지 살기 위한 시설은 없소."

박정자가 오재승의 눈을 가만히 바라보았다.

"알겠어요. 사실은 이곳에 와 보고 걱정 많이 줄었어요."

오재승이 점심 메뉴로 토속 음식을 추천하여 고씨동굴 앞 식당으로 왔다. 메밀국수 집이 밀집되어 있었다.

메밀국수 3개, 감자전, 도토리묵을 시켰다. 메밀국수가 정말 맛있었다. 곁들인 감자전, 도토리묵도 최고였다.

## 채플 메타버스 체험

 오후 5시, 오혜수는 부모님 아파트 주차장에 세워 두었던 하얀색 포르셰 911 GT3에 시동을 켰다.

 '부르릉'

 액셀러레이터를 밟기도 전인데 엔진 소리가 자신만큼 들떠 있는 듯 크게 들렸다. 경부고속도로를 들어선 포르셰가 막혔던 구간을 벗어나자 경쾌한 엔진 소리를 내며 질주했다.
 현진그룹 지하 1층 현서진 회장 전용 주차구역에 주차하고 내렸다. 현서진이 마중 나와 웃으며 문을 열어 주었다.

 "어서 와요."
 "네, 잘 지내셨죠?"

 오혜수는 현서진의 매너에 승천하는 광대를 억지로 잡아 두며 인사했다.

"이쪽으로 와요."

전용 엘리베이터로 20층에 도착한 두 사람은 바로 채플 연구소로 향했다. 휴식 룸에 도착한 현서진이 욕실을 가리켰다.

"오혜수씨, 씻고 나와요."

오혜수가 눈을 동그랗게 떴다.

"하게요?"
"그런 뜻이 아니라…."

현서진이 잠시 당황했다. 현서진은 탈의실에서 스판 패드를 가지고 나왔다.

"씻고 이걸로 갈아입고 나와요."

오혜수는 오해했다는 것을 깨닫게 되자 얼굴이 조금 뜨거워지는 것을 느꼈다.

"하하하, 그런 것이었네요."

어색하게 웃으며 얼굴색을 회복한 오혜수가 물었다.

"전신 타이츠 같은 느낌인데요, 이것만 입는 거 맞나요?"
"예, 완전 탈의 상태에서 이것만 걸쳐야 생체 신호를 정확하게 잡을 수 있어요."
"그래도 이건……."

스판 패드를 보는 오혜수의 눈빛이 애처롭게 느껴졌다.

"착용감이 괜찮을 겁니다. 비정질 유리와 신축성 소재를 섞어 만든 기판에 압력 센서와 액티브 매트릭스 회로, 무선 충전 및 송수신 모듈이 탑재되었지만 스판 패드는 의복으로서 불편함이 없도록 고안했거든요."

현서진이 덤덤히 말을 하며 오혜수를 안심시키려 했다.

"그런데, 이것을 입으면 어떻게 되는지 알려 줄 수 있어요?"
"인체 생체 신호 감지와 인체로 생체 신호를 교류할 수 있도록 고안된 스판 패드 전자 액티브 플렉서블을 입은 사용자가 인체모형 캡슐아머에 들어가서 생체 신호를 슈퍼컴퓨터와 동기화하면 가상현실을 현실처럼 느끼게 될 겁니다."
"우와, 생각만 해도 대단한데요. 현실과 똑같게 느낀다면 오감도 구현되어 있나요?"
"예."

웃는 얼굴로 대답한 현서진이 오혜수를 보며 말을 덧붙였다.

"오혜수씨가 체험할 수 있도록 준비가 되어 있으니, 직접 경험해 보면 궁금한 많은 것들을 알 수 있을 겁니다."

"알겠어요. 빨리 해 보고 싶어지네요."

\* \* \*

스판 패드를 입은 오혜수는 욕실 내 입구 탈의실에서 전신 거울에 자기 모습을 비춰 보았다. 몸 굴곡이 그대로 나타났다. 민망했지만 현서진과 둘뿐이라는 사실에 안도했다.

오혜수가 휴식 룸으로 나왔을 때, 스판 패드를 입은 현서진이 기다리고 있었다. 현서진이 오혜수의 스판 패드 착용 상태를 점검했다. 지퍼 잠금 상태까지 확인한 현서진이 인체모형 캡슐아머가 설치되어 있는 캡슐실로 안내했다.

캡슐실에는 인체모형 캡슐아머 두 대가 자이로스코프를 개량한 장치 자코에 장착되어 있었다. 현서진이 인체모형 캡슐아머의 작동 상태를 테스트했다. 캡슐아머의 움직임이 아바타로 표현되어 모니터에 나왔다. 오혜수는 캡슐아머의 움직임과 모니터 속 아바타의 움직임을 집중해 살펴보았다.

캡슐아머가 걸으면 아바타도 똑같은 걸음걸이로 걷고, 아바타가 점프하면 자코 하단 봉이 올라가고 착지할 때는 내려가면서 캡슐아머의 발이 지면에 닿은 듯 발끝부터 굽혀지며 충격을 완화하고 있는 듯했다. 모니터 속 아바타가 착지 상태에서 일어서자 자코 하단 봉이 정상 길이로 돌아갔다. 아바타가 가상공간에서 벽면을 타고 측면으로 기울어지면 캡슐아머도 자코에 의해 똑같은 기울기를 만들었다. 번갈아 보면 볼수록 모니터 속 아바타와 캡슐아머가 일치되어 움직이는 것을 알 수 있었다.

"와, 신기해요."
"처음 봐서 그럴 겁니다. 자주 보면 그런 느낌이 안 들거든요."

오혜수가 캡슐아머를 보면서 무엇인가 발견한 듯 눈이 반짝거렸다.

"캡슐아머의 전선이 안 보이네요."
"예."

현서진이 웃으며 대답했다.

"어떻게 가능하죠?"

현서진이 오혜수의 답을 갈구하는 듯한 눈을 보고 있다가 천천히 설명했다.

"케이블은 노이즈를 많이 발생시킵니다. 생체 신호 분류도 어렵게 만듭니다. 채플 연구소 연구원들은 고민 끝에 전선을 최소화할 방법을 찾게 되었습니다. 먼저 스판 패드의 생체 신호 감지 칩 10만 개를 액티브 플렉서블을 이용해 3천 개로 줄일 수 있었어요."
"와, 10만 개를 3천 개로요? 놀랍네요. 전선은 어디에 있어요?"

현서진이 무선 충전 및 송수신 장치를 가리켰다.

"여기 LED 백색 불이 10개 켜져 있는 것이 보이죠?"

오혜수가 고개를 까닥여 대답을 대신했다.

"3천 개 액티브 플렉서블의 전선은 무선 통신으로 변환 과정에서 10개로 줄일 수 있었습니다."
"와 정말 대단해요. 10만개의 케이블이 연결됐으면 캡슐아머가 움직일 수 없었을 것 같아요."
"예. 움직임뿐 아니라 노이즈로 인해 생체 신호 오류를 발생시켜 완벽한 가상현실 구현이 어려웠을 겁니다."
"뇌전도 생체 신호는 미약할 것 같은데 어떻게 아바타를 움직이게 할 수 있는 거예요?"

현서진은 오혜수를 다시 봤다.

"뇌전도 생체 신호라는 말도 알아요?"
"아버지께서 뇌 공학 교수세요."
"아!"

아버지가 뇌 공학 교수면 그럴 수도 있다는 생각이 들었다. 고개를 몇 번 까닥인 현서진이 설명했다

"전기 생체 신호와 생체 전기 임피던스로 검출한 화학적 신호를 증폭기로 증폭하여 의지 의식을 수치화해 영상으로 변환하면 지금 보고 있는 것과 같은 움직임으로 나타납니다."

"캡슐아머 상태에서 몸에 문제가 생기면 어떻게 돼요?"

"현진 채플 메타버스 플랫폼에서는 캡슐아머와 일체화된 사람의 생체 신호가 슈퍼컴퓨터와 동기화되면 건강 상태를 체크하고 있습니다. 채플 메타버스 플랫폼은 체크된 건강 상태를 기준으로 능력치보다 2%를 제한하고 있습니다. 캡슐아머 사용 중 몸에 큰 문제가 발생하면 아머와 슈퍼컴퓨터는 동기화가 해제되고, 119 구조 요청, 보안 문 잠금 자동 해제가 실행됩니다. 그 외 다양한 상황에 대비해 안전한 조치가 이루어질 수 있도록 전문 인력을 교육하고 있습니다."

"정말요? 말씀을 들으니 상용화가 멀지 않은 것 같은데요. 언제쯤 캡슐아머를 사람들이 사용할 수 있을까요?"

"글쎄요. 프로토타입 테스트를 통해 충분히 안전성이 확보되어 있습니다만, 출시 시기는 시장성을 충분히 파악하고 해야겠죠? 이제 질문은 체험한 후 하는 게 좋을 것 같습니다. 체험 진행하겠습니다."

오혜수의 질문이 많아져 현서진이 체험으로 유도했다.

"벌써요? 사용설명서도 읽은 적이 없는데 어떻게……."

현서진이 미소지었다.

"제가 메타버스에서 가이딩해 드리겠습니다."
"그게 가능해요?"
"예, 그뿐 아니라 전문성이 있으면 현실세계의 전문 기술을 메타버스에서 배우고자 하는 사람에게 전수해 줄 수 있습니다. 이제 오픈되어 있는 캡슐아머에 오르세요."
"예, 알겠어요."

오혜수가 기대한다는 말과는 달리 주춤거리며 캡슐아머 속으로 들어갔다. 캡슐아머가 닫히자, 체형에 맞게 인체모형 캡슐아머가 조정되었다.

탑승자를 스캔하겠습니다.
······
스캔 완료되었습니다.
사전 부여받은 임시 아이디와 비밀번호를 이용해
오혜수씨 생체 신호와 일체화된 캡슐아머는
슈퍼컴퓨터와 동기화합니다.
···10 ···50 ···100%
동기화 완료.
오혜수님 채플에 오신 것을 환영합니다.
건강을 체크하겠습니다.
······
체크가 완료되었습니다.
상태 창을 불러오면 건강 상태를 확인할 수 있습니다.

* * *

'두둥-'

오혜수는 나체 상태로 탈의실에 생성되었다. 자기 몸을 보았다. 욕실에서 늘 보았던 모습과 똑같아 보였다. 볼을 꼬집어 봤다. 아팠다. 손바닥을 펼쳤다 오므리는 느낌도 너무 생생했다.

'똑똑'

"오혜수씨, 옷 입고 나오세요."

현서진이 불렀다. 오혜수는 자신이 벗고 있다는 생각에 허둥지둥 옷장을 열고 옷걸이에 걸린 블라우스와 바지를 걸치고 신발장에서 운동화를 꺼내 신고 밖으로 나왔다.
현서진이 말쑥한 정장을 입고 오혜수를 기다리고 있었다. 가상공간이라는 느낌은 전혀 없었다. 옷차림이 신경 쓰여 얼굴이 화끈거렸다. 현서진이 재킷을 벗어, 오혜수에게 입혀 주었다.

"오혜수씨는 옷이 시급해 보이네요. 함께 가시죠."
"어디를요?"
"백화점으로 갑니다."

현서진과 밖으로 나왔다. 문 밖이 바로 판교역이었다. 도시를 그대로 옮겨 온 듯 가상공간이라는 느낌이 없었다. 현서진과 횡단보도를 건너 현대백화점으로 들어갔다.

1층에 명품관과 화장품 코너가 있었다. 입구 배치도를 확인하고 여성복 전용 층으로 올라왔다. 속옷 매장에서 속옷을 고르는데 현서진이 신경 쓰였다. 점원에게 색상, 디자인, 특성, 사이즈를 말하여 쇼핑백에 담아 달라고 했다.

"6만 원입니다. 계산은 무엇으로 하시겠습니까?"

오혜수는 당황하여 현서진을 보았다. 현서진이 카드를 점원에게 주었다.

"일시불로 해 주세요."

현서진이 오혜수를 보았다.

"오늘은 제가 모두 계산하겠습니다."

현서진은 명품관을 다니며 평소 오혜수가 즐겨 입는 스타일의 정장 상의, 스커트, 오리털 패딩, 명품 하이힐, 명품 가방, 명품 지갑, 명품 시계, 목걸이, 반지, 화장품을 골라 줬다.

대략 2,500만 원 정도 들어갔다. 가상현실의 돈 가치가 어떻게 되는지 알 수 없지만 현실세계의 명품과 똑같아서 모두 마음에 들었다.

처음 입었던 옷과 신발을 쇼핑백에 담고 구매한 새 옷과 하이힐, 장신구, 가방을 걸쳤다. 화장실에서 급한 대로 비비크림을 바르고 립스틱을 연하게 발랐다. 옷이 날개라고, 서글서글해 보이는 눈, 오똑한 콧날, 가지런한 눈썹, 선이 분명한 입술은 비로소 패션과 일치된 느낌이었다. 불편했던 마음이 걷히자, 자존감이 높아지는 느낌이 들었다.

"쇼핑했더니 출출한데요. 오혜수씨, 저녁 먹으러 갈까요?"

현서진이 백화점 주차장에서 감색 페라리 812에 오혜수를 태웠다. 용인서울고속도로를 타고 광교 아브뉴프랑에 도착했다.
일식당에 들어가 메뉴판을 살폈다. 일본식 스테이크 정식을 통일해 시켰다.

"어땠어요?"
"뭐가요?"
"채플 메타버스를 경험하는 느낌이요?"
"저는 모르겠어요, 처음에는 가상현실이라니까 맞겠다고 생각했어요. 지금 제가 느끼고 있는 것은 몰래카메라 같은 느낌이에요. 새로 산 하이힐을 신고 오래 걸어 발도 아프고, 추위를 느끼고, 배고픔, 포만감, 모든 게 현실이라는 생각밖에 들지 않아요."
"제가 오혜수씨를 속일 이유가 없는데요."
"그래서 헷갈려요. 몰래카메라를 할 이유가 없으니까요! 지금 시간이 어떻게 돼요?"

의심스러운 표정으로 오혜수가 물었다.

"저녁 7시 30분입니다."
"제 시계의 시간도 7시 30분이에요. 시계의 무게감도 반지의 느낌이나 심지어 목걸이 느낌, 새 옷에서 나는 특유의 냄새까지 모든 게 현실과 다를 게 없게 느껴져요."

현서진이 스테이크를 자르던 칼과 포크를 내려놓고 냅킨으로 입을 닦으며 오혜수를 보았다.

"저도 놀라고 있습니다."
"왜요?"
"캡슐아머와 호환성 보정 없이, 오혜수씨가 슈퍼컴퓨터와 완벽하게 동기화될 것이라고는 생각 못 했습니다. 혹시 상태 창을 확인해 보았습니까?"
"보긴 했지만, 신경 쓸 경황이 없었어요."
"상태 창을 머릿속으로 떠올려 보세요."

오혜수가 상태 창을 떠올렸다. 눈앞에 마술처럼 상태 창이 나타났다. 현서진이 웃었다.

"사용자의 상태 창은 자신 것만 보입니다. 옆에 사람이 있어도 숨기지 않아도 됩니다. 상태 창에서 설정으로 들어가면 쇼핑 현실과 연동을 설정하거나 채플 메타버스 홈페이지에서 주소 입력, 카드 등록, 쇼핑 현실세계와 연동을 설정하면 가상현실에서 구매한 물건을 택배로 배송 받아 볼 수 있습니다."

"정말요?"

"예."

현서진이 추가적으로 채플 메타버스는 통신, 쇼핑, 금융이 현실세계와 연동됨을 알려 주었다.

"식사 다 했으면 갈까요."

계산을 마친 현서진은 오혜수와 함께 페라리에 탔다.

"커피 마시러 가요."

현서진은 수원 코트야드 메리어트 호텔 1층 커피숍으로 갔다. 느끼한 속을 달래기 위해 뜨거운 아메리카노를 마셨다. 아직도 의구심을 벗어 버리지 못한 오혜수를 보면서 현서진은 채플 메타버스를 론칭할 때가 되었다고 생각했다.

"이제 동기화를 해제할까요? 더 경험시켜 드리고 싶지만 무리하면 몸 상할 수 있습니다. 동기화 해제하고 늦었지만, 저녁 식사 하러 가요."

"네."

"상태 창 가장 아래 동기화 해제 아이콘이 있을 겁니다. 머릿속으로 동기화 해제를 클릭하면 됩니다. 익숙해지면 상태 창 도움 없이도 생각만으로 동기화 해제를 할 수 있을 겁니다."

오혜수는 동기화 아이콘에 집중했다. 생각만으로 해제 클릭은 쉬웠다. 확인 아이콘이 떴다.

*동기화를 종료하려면 확인을 클릭하세요.*

'확인'

*확인을 클릭하셨습니다. 오혜수씨 안녕히 가십시오.*

캡슐아머가 열렸다.

오혜수는 시력을 집중하여 캡슐실 벽시계를 보고, 긴 속눈썹을 파르르 떨며 눈을 감았다.

* * *

오혜수는 초고속 통신망 5G와 시너지를 일으키는 정보통신 융합기술 초연결, 초지능, 초융합을 뉴스 보도했었다. 뉴스에 내보낼 보도자료에 대하여 앵커는 동시대적 시사 정보와 견해를 말할 수 있을 정도로 폭넓은 안목을 가지고 있어야 한다고 오혜수는 생각해 왔다. 비록 아나운서로 만

4년의 경력을 가지고 있으나 그동안 접해 본 정보와 노력이 허와 실을 가리고, 팩트와 다른 멘션은 그 의도성을 짚을 수 있는 수준은 된다고 생각했었다.

진짜보다 더 진짜 같은 가상현실 채플 메타버스를 체험했을 때 인정할 수 없었다. 만약 채플 메타버스가 사실이라면 과정이 있을 것이고 현실세계로 착각하게 하는 완벽한 가상현실 기술은 방송, 신문, 인터넷은 물론 외신에서도 한 번쯤은 다루어졌을 것이었다. 자신이 들어 보지 못한 4차 산업과 관련된 대중적 첨단기술이 존재하지 않을 것이라는 생각은 오만일 수도 있겠지만 적어도 채플 메타버스를 체험하기 전까지는 한 방송사를 대표하는 아나운서 일원인 자신이 대중적 첨단기술의 흐름을 모를 리 없다고 생각했다. 특히 뇌 공학 기술이 접목된 채플 메타버스 기술은 카이스트 바이오 및 뇌 공학 교수인 아버지 오재승의 논문 수준을 넘어 있었기에 상식적으로는 지구상에는 존재할 수 없었다.

가상현실에서 현서진과 자신은 물론 도시, 날씨, 시간 모든 게 변한 것이 없었다. 현실과 차이가 없는데……. 가상현실에 와 있다고 한다면 그것은 자신을 상대로 한 몰래카메라로 생각하는 게 합리적인 의심이었다.

오혜수는 캡슐아머가 열리고 바로 시력을 집중해 캡슐실 벽시계를 봤다. 8시 35분, 커피숍에서 마지막 확인한 시간에서 몇 분 경과되어 있지 않았다. 마술로도 수원에서 채플 연구소까지 자신의 이목을 속이고 물질을 텔레포트할 수는 없을 것 같았다.

자신이 인체모형 캡슐아머에 들어가 생체 신호가 슈퍼컴퓨터와 동기화되었을 때는 가상현실을 믿을 수 없었는데…….

캡슐실 벽시계를 본 순간부터,

'쿵 쿵 쿵 쿵 쿵 쿵……'

심장이 미친 듯 뛰기 시작했다. 이것은 충격이었다. 믿을 수 없는 놀라운 일이었다. 진짜보다 더 진짜 같았던 현실이…… 놀랍게도 가상현실이었다.

현서진 회장을 다시 한번 생각해 보게 되었다. 이제껏 생각해 왔던 현서진 회장과는 격이 다르게 느껴졌다. 현서진 회장이 마음만 먹는다면 증강현실, 혼합현실까지 진짜보다 더 진짜로 만들 수 있는 사람이었다. 어쩌면 인류를 매트릭스화할 선구자였다. 이런 대단한 사람과 함께 있다고 생각하니, 손이 떨렸다.

가상현실에서 전문성만 있다면 배우고자 하는 사람에게 전수해 줄 수 있다고 현서진 회장이 말했다. 저 사람의 도움이 있다면, 미래 기술을 통한 체험 콘텐츠만 파도 아이템이 끝도 없이 쏟아져 나올 것만 같았다.

모르긴 몰라도 채플 메타버스가 공개되면 현서진 회장의 이름은 나라를 넘어 세계로 뻗어 갈 것이다. 상념에 잠긴 오혜수는 환각과 의지가 더해지자 왠지 팀장을 넘어 국장도 손에 닿을 듯 가깝게 느껴졌다.

'쿵 쿵 쿵 쿵……'

열망으로 심장이 진정되지 않았다. 손에는 땀이 쥐어졌다.

"오혜수씨, 오혜수씨. 제 말 안 들려요?"

현서진이 오혜수를 가볍게 흔들었다. 들끓었던 열망이 흩어진 오혜수는 현서진 회장의 얼굴이 눈에 들어왔다.

"오혜수씨 괜찮습니까?"

낯빛이 파리해진 현서진이 연거푸 물었다.

"무슨 이상 증세가 있나요?"
"아, 아니요. 가상현실이 진짜였다는 것을 지금 확신하게 되었어요. 너무 놀라워요. 언빌리버블, 언빌리버블……."

'짝짝짝짝'

'언빌리버블'을 연호하며 오혜수가 물개 박수를 쳤다.

"하하하하."

그제야 마음이 놓인 현서진이 어색하게 웃기 시작했다.

"그런데 오혜수씨 기안에 도움이 되었어요?"

현서진이 물었다. 오혜수가 눈을 깜박거렸다.

"네, 키워드를 찾은 것 같아요."
"하하, 알겠습니다."

휴식 룸으로 돌아온 두 사람은 함께 욕실로 들어갔다.

## 추모의 집

카이스트 오재승 교수가 이른 새벽 수원 연화장 추모의 집을 찾았다. 분향을 하고 3층으로 올라온 오재승 교수는 원형 복도를 걸었다.

\* \* \*

납골당에 걸린 사진 속에서 경쟁자이자 친구인 김형섭 박사가 환하게 웃고 있었다.

'잘 있었는가? 8년 동안 한 번도 찾지 않아 미안하네. 자네가 죽은 뒤에도 논문과 책을 참 많이 썼다네. 후진 양성도 하고 명성도 과분할 정도로 얻었지…. 결과적으로 나쁜 게 하나도 없는데…. 나는 그때가 더 좋았던 것 같네. 자네는 늘 확신에 차 있었지. 자네를 보면 나도 단단한 무언가를 손에 쥘 것같이 느껴졌었거든….

그때, 자네는 연구를 위한 것이라면 물불을 안 가렸지. 덕분에 임상실험을 할 수 있었네. 자네 아는가? 자네가 없어도 나는 연구 성과가 좋았네. 그런데 동물 실험 성과만 있다네. 많은 업적을 쌓아 왔지만 임상 기회를 단 한 번도 만들지 않았었지……. 자네처럼 될까 봐…….'

오재승 교수의 눈은 회한과 불길이 일렁거렸다.

'나는 요즘 내 손에 피를 묻혀서라도, 임상실험을 하고 싶네. 자네가 갔었던 길을, 그때는 반대만 했었는데. 지나고 보니 가려운 곳을 긁어 준 것은 자네뿐이었더군! 속으로 얼마나 비웃었나? 한심해 보였겠지!'

"웃지 말게."

사진 속 김형섭 박사를 보며 오재승 교수가 말했다.

'이런 날이 올 것을 알았나? 그래도 난 자네에게 지지 않을 것이네. 오늘 정년퇴직을 하네, 명예교수직을 반려하고 학교를 떠나는 날이기도 하지.'

"하하."

오재승이 작은 소리로 웃었다.

'자네가 갔었던 길이 보일 때마다 피실험자가 생각나더군! 고등학생쯤 되어 보였던 그 아이도. 왜 자네가 말하지 않았었나. 자네의 꿈을 이루어 줄 6번 실험체라고…….'

오재승 교수의 관자놀이에 혈관이 꿈틀거렸다.

"또 보세."

오재승 교수의 등 뒤에서 멀어지고 있는 사진 속에는 김형섭 박사가 빛바랜 웃음을 환하게 짓고 있었다.

## 덕분에 문제없을 것 같은데

상암 미디어 시티 btbc 방송국 앞에 정차한 감색 페라리 812에서 오혜수가 내렸다. 휴식 룸 소파와 수원 현서진 회장의 저택에서 뜨겁게 밤을 지새운 것치고는 활력이 있어 보였다.

"파이팅!"

창문을 반쯤 내리고 현서진 회장이 외쳤다.

"데려다줘서 고마워요."

말을 한 오혜수가 한 번 더 손을 흔들어 보이고 방송국을 향해 뛰어갔다.

"언니 메일은 봤어?"

이연진이 달려와 물었다.

"오면서 봤어."
"뉴스 문제없는 거지?"
"메일 고마웠다. 덕분에 문제없을 것 같은데……! 그리고 이거."

오혜수는 가방에서 핸드폰을 꺼내 이연진에게 주었다.

"언니, 핸드폰을 왜?"
"뉴스 하는 동안 내 차 도착할 거야. 좀 받아 줘. 부탁할게."
"사고 났었어?"
"그런 거 아니야."

오혜수가 웃으며 말했다.

"메이크업하고 곧 뉴스 들어가야 하니까. 자세한 얘기는 뉴스 끝내고 해 줄게."
"점심때 밥 사는 거지?"
"알겠어, 밥 살게."

## 어젯밤 회상

메이크업하고 가글까지 한 오혜수가 거울을 보며 입 모양을 바꿔 가며 발음 확인을 했다. 목소리가 갈라지는 일은 없었지만 방송 전 확인이 꼭 필요했다.

어제저녁 휴식 룸에서 머리카락 말리는 것을 현서진이 도와주기 위해 다가왔다.

"이리 줘 보세요."

드라이기를 받아 든 현서진 회장이 헤어디자이너처럼 머리카락을 들춰 가며 두피까지 바람을 불어 넣었다. 찰랑찰랑해지는 머리카락과 진지한 현서진 회장의 표정을 보며 오혜수는 행복감을 느꼈다. 머리카락이 어느 정도 마른 것을 확인한 현서진 회장이 롤 빗과 드라이기로 오혜수의 머리 스타일을 만들어 갔다.

'뭐지! 이 남자.'

얼마나 많은 여자를 만났으면……. 올라가 있던 오혜수의 입꼬리가 제자리로 돌아왔다.

"마음에 안 들어요?"
"그게 아니라 좀 피곤해서요."

적당히 생각나는 말로 둘러댔다.

"피곤한 건 아닌 것 같은데요?"

머리를 손질해 주던 현서진 회장이 고개를 내려 오혜수의 눈을 보며 말했다.

"맞아요. 피곤한 거."

새침하게 딱 잡아 뗀 오혜수는 드라이기를 낚아채려 했다.

"표정 봐요, 피곤해서가 아니잖아요."
"맞다니까요."
"진짜요?"

현서진 회장은 입술이 닿을 듯 다가와 있었다. 현서진 회장의 입술을 의식한 오혜수는 숨이 멎은 듯 머릿속이 하얗게 되었다.

"의심했죠?"

현서진 회장의 물음에 오혜수의 눈동자가 가볍게 흔들렸다.

"그러지 마세요."

'쪽'

속삭이듯 말하며 현서진 회장이 가볍게 입을 맞췄다.

"저도 이제부터 오혜수씨 남자만 할 겁니다."

오혜수의 속눈썹이 파르르 떨렸다.

"정말로요?"

프렌치 키스로 파고들던 현서진 회장이 오혜수의 눈을 보았다.

"의심하지 말아요."

서늘한 눈동자에 굳건한 심지가 느껴지는 눈빛이었다. 오혜수가 눈으로 말하며 고개를 살짝 까닥였다.

그때부터였다. 프렌치 키스를 마중 나갔던 오혜수의 긴 혀는, 둔부로 파고 내려갔던 현서진 회장의 손이 등을 타고 올라와 목 뒤를 휘감고, 귓불을 만졌을 때부터 신음과 키스로 미쳐 날뛰었고, 심장은 장소를 옮겨 성교로 밤을 지새워서, 겨우 정상을 찾을 수 있었다.

# 엎고 다시 시작하자고?

오혜수는 채플 메타버스를 통해 동기화의 중요성을 알게 되었다. 동기화를 관점으로 btbc 유튜브 실시간 뉴스를 보게 되었을 때, 유튜브 채널만 한정하여 구독자 확보 기안을 만들면 효력이 발휘될 수 없어 보였다.

그렇다고 하여 자신의 위치에서 btbc 뉴스 개편에 방점을 두고 태스크 포스 팀을 꾸리게 할 수도 없었다. btbc 뉴스는 시청률이 폭락하면서 여러 차례 개편을 해 왔고 TF도 만들어 대대적으로 뉴스 리모델링도 했었다. 결과적으로 그 방법들은 하락 추세를 바꾸지 못했다.

주말 뉴스 1%대는 텔레비전을 켜 놓고 잠드는 시청자 수와 같다는 뜻이었다. 바꿔 표현하면 1% 시청률은 0% 시청률로 변환되는 수치였다. 마지막 자존심 때문에 1을 0이라고 말할 수 없지만 시청자에게 완전히 btbc 뉴스가 외면받는 것은 사실이었다.

btbc 뉴스는 스타플레이어에 의존하는 경향이 있었다. 과거 손광희 아나운서라는 메가톤급 스타플레이어를 영입해 8시 뉴스 시청률을 19.8%까지 올려놓았지만, 손광희 뉴스의 신뢰성이 무너지면서 투입된 다음 대 스타플레이어는 객관적으로 손광희 아나운서의 수준에 못 미쳤다.

아무리 개편이 계속된다고 할지라도 손광희를 뛰어넘지 못하면 btbc 뉴스는 앞으로도 암울할 것이다. 설령 btbc 뉴스가 바닥을 차고 1%대를 끊어 내는 도약을 할지라도 스타플레이어에 의존하는 체제를 일삼는다면 폐해와 폐단은 또다시 도래하게 될 것이었다.

오혜수는 이를 꽉 깨물었다. 일은 혼자 할 수 없는 것이었다.

1팀은 협력이 잘되는 팀이었다. 유상진 팀장은 방송국 지박령이라는 별명이 있고, 배동준 선배는 어떤 프로그램 진행을 맡아도 능수능란했다. 이연진은 만 3년 아나운서 경력을 가지고 있지만, 맡은 프로그램만큼은 똑 부러지게 잘해 냈다.

오혜수 자신도 이슈 리뷰 토크쇼 〈신썰전〉에서 변호사, 정치인, 정치부 기자, 개그맨에게도 밀리지 않는 진행자로 알려져 있고, 과학 프로그램과 아침 뉴스에서도 좋은 평가를 받고 있었다.

개별적으로는 희대의 역작 손광희 아나운서 같은 스타플레이어는 없지만, 1팀은 열정 협력 전문성이 뛰어난 편이었다. 이번 기안 팀 배틀을 승리하기 위해서도, 1%대 뉴스 시청률을 끊기 위해서도 팀플레이가 필요했다.

수요일 오후 유상진 팀장이 기안 회의를 열었다.

"엎고 다시 시작하자고?"
"네, 팀장님."

오혜수가 대답했다. 유상진 팀장은 테이블을 손가락으로 두드리며 오혜수를 보았다. 서글서글한 눈빛에서 맑은 정기가 느껴졌다.

"무턱대고 엎자는 것은 아닐 테고……."

유상진 팀장이 팀원을 둘러보며 말했다.

"어떤 이유에서 그렇게 생각하게 되었는지 들어 보자."

팀원들의 눈이 오혜수에게 집중됐다.

"저는 btbc 뉴스가 필요한 것은 시청자와 뉴스의 동기화로 보았습니다. btbc 뉴스는 짧은 시간 인기를 끌기 위해 한때 스타플레이어를 영입했고, 그 기조가 아직도 남아 있습니다. 이러한 기조가 계속되는 한 btbc 뉴스의 백야와 극야는 반복될 것 같습니다. 완벽해 보이는 사람도 기계가 아니기에 쉼이 있어야 합니다. 스타플레이어 뉴스는 실수하는 순간 btbc 뉴스 전체가 추락하게 됩니다.

또 여러 차례 개편과 대대적 뉴스 리모델링이 있었지만 손광희발 극야 속에 그 노력은 시청자의 관점에서 새 발의 피 같은 작은 변화일 것입니다. 결과로만 보았을 때 한 사람에 의한 독주나 아나운서가 성취감을 느낄 수 없는 뉴스는 지속력이 사라지게 됩니다.

저희가 주도권을 잡고 완급 조절할 수 있는 기회마저 잃게 된 것이 우리 btbc 뉴스의 현실이라고 저는 보았습니다. 기치만 보더라도 진정, 공정, 균형, 품위 뉴스가 할 말을 합니다. 동기화를 키워드로 삼고 btbc 기치를 보면 저희만의 읊조림같이 들리지 않으세요?"

오혜수의 질문에 답이 없었다. 다들 생각에 빠져 있었기 때문이었다. 오혜수는 '아차' 싶었다. 동기화 중요성을 에둘러 설명하다 보니 너무 장황했다.

"음, 일단 무슨 뜻인지 알겠고, 그래서 시청자들과 동기화 해법은 찾았나?"

유상진 팀장이 키워드 질문으로 전환하여 물었다. 말로 설명하기 어려운 것이었다. 그렇지만 엎고 다시 가자고 말을 꺼냈던 오혜수는 팀원들이 이해할 수 있도록 설명할 수 있어야 했다.

"첫째, 저희 아나운서들은 지금까지 뉴스 보도는 강하고 똑 부러지게 표현했습니다. 저는 이것도 뉴스를 클리셰로 만들게 했다고 생각합니다.
둘째, 의도성을 가지고 시청자들의 생각을 몰아갔습니다. 그로 인하여 저희 btbc 뉴스가 극야를 맞게 되었다고 생각합니다.
조승우, 송혜교, 이순재의 공통점을 생각해 봐 주세요. 잔잔하여도 시선을 집중시키는 배우입니다. 의도성을 드러내지 않고도 충분히 전달의 목적을 다합니다.
최근 뉴스 자막 실수를 보더라도 집중이 부족한 것 같습니다. 예를 들어서 설악산 영상을 주제로 찍은 드라마에 짧은 한라산 영상이 숨어든 것과 같은 것입니다. 영상 전체가 아무리 아름다워도, 잘못 숨어든 영상 한 장면을 발견한 시청자는 신뢰하지 않게 될 것입니다.
저는 btbc 유튜브 라이브 뉴스만 한정된 기안으로 뉴스와 시청자가 동기화될 수 없다고 생각합니다. btbc 뉴스는 부분 수정이 아닌 전체적 수정이 필요하다고 생각합니다. 기치도 우리는 이래가 아니라 시청자와 함께 가는 방향으로 만들면 좋겠습니다."

팀원들은 오혜수가 말하는 바를 이해했다. 그리고 의견이 교환되고 시청자와 동기화를 위한 방안이 연구되었다.

'짝짝짝'

"자, 집중해 봐."

유상진 팀장이 손벽을 쳐 열띤 논의에 빠져 있는 팀원을 자신에게 집중시켰다.

"우리가 좋은 기안을 만들어도 팀 대항전에서 지면 동기화를 할 기회조차 없을 거야."

유상진 팀장이 팀원 전체를 다시 한번 둘러봤다.

"이제 대충 의견이 만들어진 것 같으니, 프레젠테이션할 수 있도록 오혜수는 파워포인트로 정리하고."
"네, 알겠습니다."
"연진이는 영상실에서 최근 뉴스 영상 자료 확보해서 오늘 회의 방향에 맞춰 편집하고."

"네, 알겠습니다."

"배동준 차장은 시청자들이 집중할 수 있는 발성, 발음, 톤을 연구해서 파일럿 뉴스 영상을 준비하도록 해."

"예, 알겠습니다."

"내일 아침까지다. 다들 알고 있지?"

"네."

"오늘 회의는 여기서 끝내고 내일 오전 11시, 다들 시간 괜찮지?"

유상진 팀장이 팀원을 돌아보며 물었다.

"네."

"그럼 내일 오전 11시 회의에서 각자 준비한 자료를 함께 보고, 부족한 부분이 발견되면 보완해서 금요일 아침 보도국 기안 팀 대항전에 다 같이 참가해 심사받는다."

# 첩보전

구독자 확보 기안을 둘러싸고 첩보전도 활발해졌다.

"이연진 아나운서 커피 한잔할래?"

흥얼거리는 이연진에게 2팀 오정연 차장이 친근하게 다가왔다.

"좋은 사람 생겼어? 기분이 참 좋아 보이네."
"에이, 선배님도 좋은 사람이라니요. 그런 것 아니에요. 그냥, 기안……."

말을 하던 이연진이 깜짝 놀라며 입을 닫았다.

"그렇구나, 1팀 잘되어 가나 봐?"
"글쎄요. 그건 말 못 해 드리겠는데요."

이연진이 미소를 지어 보이며 말했다.

"2팀은 기안 다 만들었어요?"
"글쎄, 1팀과 똑같겠지······."

오정연 차장이 자신감이 깃든 표정을 하고 말했다.

"서지연 아나운서 뭐 하니?"

오정연 차장이 휴게실 한쪽에서 귀를 쫑긋 세우고 있는 3팀 서지연 아나운서에게 물었다.

"하하 뭐하긴요, 커피 마시고 있었지요."
"서지연 너 참 연기 못한다, 그래서 염탐이 되겠냐?"

입사 동기 이연진이 안타깝다는 듯 혀를 차며 말했다.

"염탐은 무슨, 그냥 커피만 마시고 있었다니까."

말끝이 올라가며 서지연이 부정했다.

"솔직히 말하면 내가 시원하게 말해 주려고 했는데······."

이연진의 말에 오정연은 관심 없는 척하며 귀를 쫑긋 세웠다.

"정말?"

서지연이 놔였다.

"정말이겠냐, 단순하기는……."

오정연에게 인사를 한 이연진이 서지연을 향해 혀를 살짝 내밀고 밖으로 나갔다.

"야, 이연진 뭔데."

이연진을 부르며 서지연이 달려 나갔다.

# 주선희

계묘년 1월 5일 목요일, 간밤에 시작된 눈이 밤새도록 내려 수원 광교산 기슭에 있는 현서진 저택을 소복이 덮었다. 미닫이식 차고 자동문이 열리고 선글라스를 낀 현서진이 데일리카로 구매한 복숭아 색 포르셰 카이엔을 운전하여 저택을 나왔다.

1번 국도는 제설 작업이 잘되어 있었다. 의왕 톨게이트로 접어든 현서진이 흰색으로 만들어진 세상에 검은색으로 그어진 고속도로를 따라 달렸다. 판교 톨게이트를 나온 현서진이 대왕판교로를 내달려, 시흥사거리에서 유턴을 하여, 근처 타운하우스로 들어갔다.

경사로를 따라 이동하던 카이엔은 막다른 코너의 여닫이식 자동문을 열고 유럽식으로 지어진 저택 안으로 들어갔다. 박도일 실장의 인사를 받으며 집 안으로 들어선 현서진이 나무계단을 밟고 2층으로 올라갔다.

"안녕하셨어요."
"어서 오너라."

앤티크한 소파에서 현정호 명예회장이 일어서며 아들을 반겼다.

"어머니는요?"
"곧 나올 거다."
"아들 왔구나!"

현서진의 어머니 주선희가 거실로 나오며 아들을 반겼다.

"박도일 실장하고 네 아버지랑 가면 되는데……."

주선희가 객쩍은 말을 했지만, 얼굴에 웃음이 가득했다.

"어머니는 저 없으면 병원 안 가신다고 하셨다면서요."
"내가 언제……."

주선희가 현정호 명예회장을 쏘아보았다.

"험험."

멋쩍은 듯 현정호가 목을 가볍게 풀었다.

"아버지께 말씀드릴 것도 있고요."

현서진이 웃으며 말했다.

* * *

주선희는 분당서울대병원에 진료를 예약해 놓았었다.

"최근에 불안하시거나, 화가 나신다거나, 호흡이 불편하신 적 있으세요?"

정신과 권민성 교수가 주선희에게 물었다.

"가끔 꿈을 꾸고 나면 가슴이 저릿해져요."
"어떤 꿈을 꾸세요?"
"12년 전 아들이 사고를 당해 병원 중환자실에 누워 있는 꿈을 꿔요."
"그때 아드님은 몇 살이었죠?"
"18살이었어요."
"아드님은 어떻게 되셨어요?"

주선희의 미간이 파이며 입술이 파르르 떨렸다.

* * *

12년 전 현서진이 고등학교 2학년 여름방학 때 친구들과 캘리포니아로 어학연수 후 돌아오는 날 친구들과 공항버스 이용한다기에 도착하기만 기다리고 있었다.

'지이잉… 지이잉… 지이잉… 지이잉…'

그날 울린 것은 어학연수를 같이 갔던 현서진 친구 이정열이 교통사고를 알리는 전화였다. 현서진이 실려 간 인천 가천대 길병원으로 달려갔다. 목 보호대를 한 현서진이 응급실 침대에 혼수상태로 누워 있었다.

"선생님, 우리 아들 많이 다쳤나요?"
"현서진 환자는 동공을 제외한 다른 신체 부위는 반응이 없는 상태입니다."
"자세히 좀 말씀해 주세요."
"경과를 지켜봐야 하겠지만 현서진 환자는 목이 꺾이면서 중추신경을 다쳤습니다."
"그래서요, 언제쯤 회복될 수 있을까요."

의사 김형진이 머뭇거렸다.

"왜요?"
"중추신경 손상 환자는 세계적으로 회복된 사례가 없습니다."
"우리 아들은 이제 겨우 18살이에요. 선생님, 우리 아들은 꼭 낫게 될 거예요, 우리 아들 좀 고쳐 주세요."

주선희가 젊은 의사를 보며 간절하게 애원했다.

"선생님, 저렇게 어떻게 살아요. 이제 18살이에요. 선생님, 선생님… 우리 아들 좀 제발 살려 주세요."

눈물로 범벅이 된 주선희가 의사를 쫓아다니며 애원했다.

'삐――'

"선생님 심정지입니다."

김형진 의사가 달려가 CPR과 심장충격기를 반복해 가며 살리려고 했지만 현서진은 사망하고 말았다. 그리고 4년이 지난 어느 날 현서진이 살아 돌아왔다.

"전신마비 상태였어요."

권민성 교수가 안타까운 표정을 지었다.

"많이 힘들었겠어요."
"네, 아들은 제가 병원에 도착하고 얼마 지나지 않아서 사망했어요."

안타까운 표정을 한 권민성이 차분한 목소리로 말했다.

"슬펐겠어요."

"네, 갑작스러워서 머릿속이 하얗게 되었던 것 같아요."
"가슴 저릿한 증상이 그때부터 시작되었나요?"
"아니요."
"그러면요?"
"아들 죽음을 지켜보았던 기억이 너무 힘들어 한동안은 그때의 기억을 닫고 살았어요."

권민성이 의아한 표정으로 주선희를 보았다.

"믿으실지 모르시겠지만, 우리 아이는 4년쯤 지나 살아 돌아왔어요."
"그게 가능한 건가요?"

놀란 표정을 한 권민성이 말했다.

"네. 있을 수 없는 일이었지만, 그러한 일이 저희에게 일어났어요."
"그런데 '왜' 힘들어하세요?"
"아이의 죽음이 조작되었는데, 알아차리지 못했잖아요."

주선희가 한숨을 쉬었다.

"아드님은 4년 동안 어떻게 살았던가요?"

슬픈 표정을 한 주선희의 눈에 눈물이 차올랐다.

# 사업계획서

분당서울대병원에서 어머니 진료를 마치고 처방약을 구매해 드린 현서진이 부모님을 모시고 미금역 근처 중식당을 찾았다. 앞접시에 현서진이 전가복과 금수오룡해삼을 조금씩 담아서 아버지와 어머니 앞에 각각 놓아 드렸다.

"드셔 보세요."

현정호 명예회장이 금수오룡해삼을 천천히 씹어서 삼켰다. 고개를 몇 번 까닥인 현정호 명예회장은 웃는 표정을 보였다.

"아버지 입맛에 맞는가 봐요?"
"그래, 좋구나!"
"어디 맛을 좀 볼까."

주선희가 말했다.

"당신 입맛에도 딱 맞을 거요."

현정호 명예회장이 주선희를 보며 말했다. 주선희가 젓가락으로 요리 속 야채와 함께 해삼을 집어 물고 천천히 씹어 먹었다.

"맛있네요."
"하하하, 그것 봐요, 내 입맛에 맞는 것은 당신 입맛에도 맞는다니까요."

현서진의 부모님은 35년을 함께 살며 입맛도 맞춰진 경향이 있었다.

"누가 뭐라고 했어요. 괜히 큰 소리로 말해요."

주선희의 표정은 현정호의 행동이 싫지 않은 것 같았다.

"두 분은 참 별것 아닌 일로 그렇게 알콩달콩하세요?"
"부러우면 너도 결혼해라."

주선희가 웃으며 말했다.

"저 이제 서른 살 되었잖아요. 요즘 시대에 서른 살에 결혼하면 너무 빠른 것 아닙니까?"
"네가 시대 맞춰 갈 필요 있겠니! 일만 하지 말고 여자도 만나 봐라."

현정호 명예회장이 말했다.

"그래. 나도 네 아버지와 같은 생각이다."

주선희가 거들었다.

"두 분께서는 말을 맞추고 오신 것처럼 하세요. 지금부터 제가 해야 할 일이 많습니다."

현서진이 말을 하며 아이패드를 켜서 사업계획서 파일을 실행했다. 현정호 명예회장이 아이패드를 받았다.

"할 말이 있다더니 이건가 보구나? 어디 한번 보자."

아이패드를 통해 사업계획서상의 사업명, 사업 목적, 사업 개요, 사업 소개, 마케팅 전략, 시장 개척 계획, 재무 전략, 사업 안착 후 확장 계획, 자금 투자에 따른 예상 수익률을 꼼꼼히 살펴보는 현정호 명예회장의 눈은 놀람으로 점점 커졌다.

# 팀 배틀

계묘년 1월 6일 금요일, btbc 보도국 직원들은 이르게 출근해 첩보전을 방불케 하는 보안 속에 팀별로 PT 발표를 최종 점검하고 있었다. 유상진 팀장은 팀원들을 봤다.

"짜식들……."

1주일 전과 지금은 눈빛부터 판이하게 변해 있었다. 신규 구독자 확대 방안 PT는 처음부터 이렇게 열띤 분위기는 아니었다. 보도국 3개 팀 팀장과 이하 직원들은 유튜브 구독자 증가에 크게 관심이 없었다.
 만약 1팀이 홍콩으로 워크숍을 가지 않았다면, 2팀, 3팀 팀장이 말을 맞춰 자신을 곤경에 빠트리는 일은 없었을 것이다.
 자신도 분명 기안을 카드로 하여 서기철 국장에게 백지 약속받을 생각은 못 했을 것이고, 그것을 믿고 하루 두 번 각각 40분씩 btbc 유튜브 채널 크리에이터 조건을 팀원들에게 걸지 않았을 것이다.
 2팀, 3팀 팀장이 소문만 듣고 성급히 서기철 국장에게 따지러 가지 않았다면, 서기철 국장이 팀원들에게 자신이 제시한 조건을 그대로 다른 팀까지 포함하지 않았을 것이다.

이러한 일련의 과정이 없었다면, 지금의 보도국 분위기처럼 유튜브 크리에이터를 거머쥐기 위해 3개 팀이 사력을 다해 팀 배틀을 준비하지 않았을 것이다.

* * *

'똑똑'

"예."
"안녕하십니까?"
"박연희 비서가 어쩐 일이세요?"

서기철 국장은 의아한 표정을 하고 박연희 비서를 봤다.

"오늘 기안서 팀 배틀에 btbc 임직원을 포함한 자회사 기자, 카메라 감독, 방송 스케줄이 없는 스텝도 참관할 수 있도록 대회의실에서 하시라는 사장님 전언을 말씀드리려고 왔습니다."

'갑자기······.'

서기철 국장은 최성문 사장이 이렇게 막무가내로 일을 처리하는 사람이었는지 생각해 보았다.

그래도 경우는 있는 분이었는데…….
무례를 경험하게 되니, btbc가 구글과 다른 것을 새삼 느꼈다.

"알겠습니다. 보도국 팀장들에게도 사장님 전언을 알려 드리겠습니다."

해당 내용은 보도국 전체로 빠르게 알려졌다.

유상진 팀장은 1팀 PT 최종 점검을 마무리하고 시선을 옮겨 가며 다른 팀 분위기를 살펴보았다.

우리 팀 PT 준비는 이만하면 충분히 된 것 같은데…….
2팀 김여후 팀장의 서늘한 눈빛을 보니 마음이 놓이지 않았다. 3팀 정인세 팀장도 칼을 갈았는지 매서운 분위기를 풍겼다. 유상진 팀장은 오혜수를 봤다. 진한 인텔리 느낌을 풍기며 모니터를 집중하고 있었다.

'잘하겠지…'

오늘은 최성문 사장의 변수로 btbc 방송국 직원들이 많이 참관하게 되었다. PT와 파일럿 영상을 통해 참관 임직원들과 동기화할 수 있어야, 1팀의 방법이 시청자들에게 통할 수 있을 것이다.

2팀 김여후 팀장도 전의를 불사르는 심정으로 오늘 PT 준비를 마무리했다. 여자라는 이유로 똑같은 답안이면 이긴다는 보장이 없었다. btbc에 와서 팀장을 달게 되면서 차별은 많이 줄었지만, 오랫동안 느껴 왔던 경험은 월등해야 팀 배틀에서 승리할 수 있을 것 같았다. 김여후는 차가운 시선으로 1팀과 3팀을 쏘아보았다.

3팀 정인세 팀장은 1팀, 2팀 팀장보다 몇 년 적은 경력에도 팀장제가 시행되면서 3팀 팀장을 달았다. 사실 btbc 경력만 따지면 KBS에 스카우트된 유상진 팀장이나 김여후 팀장보다 1년 정도 더 많았다. 그렇기에 정인세 팀장은 1팀과 2팀 팀장에게 내심을 감추게 됐다.

지금까지 자신이 실력보다 처세로 팀장 달았다고 뒷말이 있는 것을 알고 있다. 판이 커진 만큼 승리만 한다면 btbc 임직원의 생각을 완전히 바꿔 놓을 수 있었다.

"이승훈 차장, PT 문구가 너무 정형화되게 느껴지는데…… 다시 고쳐."

정인세 팀장이 이승훈 차장을 보며 강경한 말투로 지시했다.

서기철 국장은 팀 간의 팽팽한 긴장감과 전의를 느낄 수 있었다. 뉴스로 다져진 아나운서 몇은 마인드 컨트롤을 하며 결의를 다지는 모습이 보였다. 서기철 국장의 눈에서 이채가 돌았다.

'2팀에서는 오정연 차장이 대표로 PT를 준비한 것 같군. 3팀은 이승훈 차장.'

"휴……."

대충 살펴보아도 팀에서 누가 발표할지 한눈에 알 수 있는데 1팀은 종잡을 수가 없었다.

'배동준 차장인가? 이연진? 오혜수?'

시종일관 묵묵히 팀원을 보고 있는 유상진 팀장을 봤다.

'직접 하는 건가?'

서기철 국장은 고개를 젓고 머리를 비워 냈다. 판이 커져 오늘은 자신도 저들과 같이 평가 무대에 오르게 되었다. 구글에서 영입되어 btbc 보도국 국장이 될 때 이런 날을 예상은 했다. 온 지 얼마 되지 않아 방송국 경력이 많은 보도국 직원들과 힘겨루기를 하고는 있지만 결과를 놓고 봤을 때, 자신이 원하는 방향으로 조금씩 움직이고 있었다. 그렇지만 고착된 조직 문화를 끊어 내려면 많은 시간과 노력이 필요했다.

'그것 때문인가?'

최성문 사장이 판을 키운 것은 시간을 단축하려는 의도에서 비롯된 것일 수도 있었다. 자신과 그가 그러한 문제를 함께 논의했으니…….
하지만 갑작스럽게 예고도 없이 보도국 팀원의 PT에 의해 자신도 시험

대에 놓이게 되었다. 최성문 사장에 의해 영입되었지만 btbc 보도국 최고 수장은 자신이었다. 그만한 책임 있는 위치고 타 부서 btbc 방송국 임직원이 함께 참관함으로써 자신도 간접 평가되는 것이었다.

출근 후 줄곧 국장실 버티컬 틈새로 직원들을 지켜보고 있었던 서기철 국장이 11시를 15분 남겨 두고 대회의실로 출발했다. 보도국을 나와 계단을 오르려던 서기철 국장이 광고판을 보고 멈췄다.

방송국 현관의 큼지막한 배너 광고판에는 '보도국 기안 팀 배틀 대회의실 11시'라고 적혀 있었다. 아래는 작은 글씨로 주제가 간략하게 기재되어 있었다.

'뭐지…?'

카피 문구가 선정적인 것은 아니지만 서기철은 날카로운 검이 폐부를 찌른 듯한 위압감을 느꼈다. 배너 광고판 제작을 지시한 적이 없었다. 그럼에도 배너 광고판이 제작되었다면 이것은 최성문 사장이 지시한 것이었다.
서기철은 머리가 띵했다. 자신의 뒷배는 최성문 사장뿐이었다. 그런데 최성문 사장이 뒤통수를 치니 혈압이 확 올라왔다.
최대한 마음을 편안하게 가지려고 노력했다. 뚜껑을 열기도 전에 무너질 수는 없었다. 천천히 호흡을 가다듬고 대회의실 문 앞에 섰다.

'웅성웅성'

회의장 방음문이 이렇게 얇았나!
서기철 국장이 문손잡이를 당기려는데,

'또각또각'

구둣발 소리가 들렸다. 고개를 돌려보니 최성문 사장이 박연희 비서를 대동하고 걸어오고 있었다. 최성문 사장이 가까이 다가올수록 조그만 체구가 크게 느껴졌다. 최성문 사장은 실제 키가 작았다. 160cm 중반대 정도일 것이었다.

'벼르고 있었나? 이럴 것이면 영입하지 말 것이지……'

"서 국장 먼저 왔나?"

평소의 말투 그대로인데 어둡고 칙칙한 틈바구니를 뚫고 올라오는 소리처럼 들렸다.

"들어가지?"
"예."

서기철 국장이 고개와 허리를 함께 숙였다. 어쩌다가 최성문 사장과 눈이 딱 맞았다. 날 잡고 올라온 저승사자처럼 최성문 사장의 눈에서 어두움이 느껴졌다.

"들어가십시오."

허리를 편 서기철 국장이 대회의실 문을 열고 최성문 사장에게 먼저 들어가라는 제스처를 했다.

"고맙군, 자네도 따르게."

최성문 사장이 기분 좋게 웃었다. 서기철은 지금까지 최성문 사장에게 구글 문화적 습관대로 행동한 것은 아닌지 생각해 보았다. 그랬다면 오늘 최성문 사장은 한국식 문화 바로 세우기를 성공한 것이 됐다.

서기철 국장은 최성문 사장을 따라 대회의실에 들어서고 또 한 번 걸음을 멈췄다. 주주총회를 할 정도로 넓은 대회의실이 사람들로 빼곡히 채워져 있었다.

"헉……."

테이블이 있어 다닥다닥 붙어 앉지는 못했지만 250명은 족히 되는 것 같았다. 아무래도 오늘 보도국 직원들은 일진이 사나운 것 같았다. 어쩌면 btbc 직원들의 프라이드가 btbc 뉴스 때문에 격하된다는 분노일 수도 있고, 자존감에 스크래치를 내는 자들을 똑똑히 지켜보려는 것일 수도 있었다.

서기철은 최성문을 보았다. 당당히 걷고 있는 최성문 사장의 어깨 위로 불길이 활활 타오르는 것 같았다. 저승사자인 줄 알았는데 걸음의 무게가 염라대왕처럼 보였다.

'썩을……'

서기철은 속으로 욕을 읊조렸다. 압박을 너무 받았더니 속에서부터 반발이 일어났다.

'까짓것 기대보다 PT가 못 미치면 옷 벗으면 되지……. 똥 밟았다 생각하자.'

아직 게임은 시작도 안 했다. 뚜껑을 열어 보고 넙죽 엎드리든, 옷을 벗든 하면 되는 것 아닌가. 서기철 국장은 허리를 쭉 펴고 당당히 걸어가 최성문 사장 옆자리에 나란히 앉았다.

# 2팀 PT

　PT 발표 순서는 주사위를 굴려 결정했다. 화투는 아니지만 밤일낮장의 상투적 방법으로 2팀, 3팀, 1팀 순으로 PT 발표 순서가 결정됐다.

　첫 번째 PT 발표는 오정연 차장이었다. 2팀은 실시간 뉴스 구독자 확보 방안으로 재난 사고 라이브 뉴스를 PT했다. 재난 방송 시청률 변화도 그래프로 만들어 설득력 있었다.
　특히 카랑카랑한 오정연 차장의 목소리는 청중의 귀에 쏙쏙 박혀 들었다. btbc 보도국 직원들은 저돌적인 오정연 차장의 평소 모습이 덧씌워져 내용이 반감되었지만 btbc 임직원 및 자회사 직원들이 보기에는 열정적 PT였다. 언어를 구사하는 방법 또한 시원시원하여 가산점을 얻을 수 있을 것 같았다.

　최성문 사장과 서기철 국장의 표정은 변화가 없었다. 발표 스킬보다 내용에 집중하고 있었던 서기철 국장은 PT 말미에 미간을 찌푸렸다.

오정연 차장이 발표를 마치고 스크린에서 참관 청중을 향해 돌아섰다.

"질문 있습니다."

참관 청중인 이태백 기자가 손을 들고 말했다.

"예, 이태백 기자님 질문하세요."

오정연이 자연스럽게 이태백 기자에게 말했다.

"재난 방송은 btbc 정규 방송 뉴스로 특별 편성하고 있습니다. 재난 방송 유튜브 라이브 뉴스와 차이가 무엇입니까?"

최성문 사장의 입언저리에 미소가 살짝 걸렸다.

"텔레비전 송출 뉴스는 심의 기준이 까다롭습니다. 현장 리포터와 카메라 감독님께서도 그 기준에 부합한 영상과 내용을 전달하게 됩니다. 예를 들자면 선정적이거나 잔인한 영상을 다룰 수 없고, 멘트도 정형화될 수밖에 없겠죠?"

3팀 정인세 팀장이 손을 들었다.

"예, 정인세 팀장님."

오정연 차장이 질문하라는 의미에서 이름을 지목했다.

"영상과 멘트를 틀에 맞게 하는 것은 그만한 이유가 있다는 것을 오정연 차장도 알고 있을 겁니다. 보도국 아나운서, 리포터, 특파원 모두가 자기 욕심 제어가 가능할 것이라고 보는 겁니까?"

오정연이 마이크를 입에 가져다 댔다.

"방금 말씀드린 것같이 심의 기준이 다릅니다. 유튜브에서는 어그로를 끌기도 합니다. 때로는 자극적인 영상이나 파편 조각을 이용하여 다른 의도로 구독자를 불러오기도 합니다."

정인세 팀장이 마이크를 다시 잡았다. 김여후 팀장이 정인세를 쏘아보았다. 물고 늘어지는 것을 보니 흠집 내기를 하려는 것 같았다.

'뿌드득'

김여후의 치아에 힘이 들어갔다. 정인세 팀장은 서슬 퍼런 김여후 팀장의 눈을 피하고는 독하게 마음먹고 질문을 이어 갔다.

"btbc에서 일반 유튜버가 하는 방법을 따라 하라는 겁니까? 팩트 방송을 해도 의심이 들면 btbc 뉴스는 조작 방송이 되는 실정입니다. 나노미터로 분석하는 네티즌을 뒤로하고 따라 하기로 btbc 유튜브 채널이 구독자를 확보할 수 있을까요?"

오정연이 마이크를 잡고 정인세 팀장을 보았다.

"정인세 팀장님의 지적, 걱정, 염려 감사합니다. 그 문제는 보완하면 된다고 생각합니다. 아무것도 하지 않으면 btbc 실시간 뉴스 구독자 증가 추세는 답보 상태에 계속 머물고 있어야 합니다. 저희는 현장 리포터와 해외 특파원들께 적합한 교육을 하여 텔레비전과 유튜브 방송 장점을 각각 최대한 취하는 쪽으로 유튜브 재난 라이브 뉴스를 했으면 좋겠습니다."

오정연이 참관 청중을 바라보았다. 몇 건의 추가 질문에 잘 대응한 오정연이 청중을 보며 말했다.

"더 이상 질문 없으면 이상으로 2팀 PT를 마치……"

박선규 드라마 제작국 국장이 손을 들었다.

"예, 박선규 국장님."

오정연 차장이 마이크를 다시 들고 박선규 제작국장을 호명했다. 오정연의 호명을 받은 박선규 국장이 서기철 국장을 보면서 질문했다.

"단독보도 표현을 제한한 것은 성과주의에서 일어났던 조급함을 막기 위한 것이었습니까?"

느닷없이 질문을 받게 된 서기철 국장은 박선규 국장을 보았다. 눈빛에서 답을 꼭 듣고 싶어 하는 의지가 보였다. 비치된 마이크를 켠 서기철이 대답했다.

"예."

아주 짧은 답변이었다. 참관하기 위해 모인 사람들이 서기철 국장을 보면서 다음 말을 기다렸다. 말을 다한 듯 서기철 국장이 침묵하고 있었다. 참관 청중이 웅성대기 시작했다. 이번에는 대행사에서 btbc 홍보국장으로 스카우트된 장덕환 국장이 손을 들었다.

"장덕환 국장님 질문해 주세요."

오정연이 장덕환 홍보국장을 호명했다.

"트라우마 때문은 아니었군요."

마이크를 받은 장덕환 국장이 흘러내리듯 말을 했다. 일순간 정적이 일었다. 보도국 직원들과 기자들은 장덕환 국장의 조롱 섞인 듯한 말에 역린을 직격당한 사람처럼 적의를 담은 낯빛으로 장덕환을 쏘아보았다. 장덕환은 공기가 얼어붙은 것을 느끼고 당황한 듯한 몸짓을 했다.

"죄송합니다. 순수하게 생각을 말한 것뿐인데…. 제가 큰 실수를 한 것 같습니다."

장덕환 국장은 사방위에 깊이 허리를 숙여 가며 정중하게 기자와 보도국 직원들에게 사과의 뜻을 전달했다. 분위기가 안정된 것을 느낀 장덕환 국장이 서기철 보도국장을 보며 말했다.

"단독보도 타이틀을 단 뉴스는 트래픽(traffic)이 많이 발생합니다. 연구된 자료에 의하면 방송사도 직간접적 이득이 있다는 결과도 있습니다. btbc 뉴스는 앞으로도 단독보도 타이틀을 붙일 수 없는 것입니까?"
"젠장……."

흠집 내기를 했던 정인세 팀장의 얼굴이 구겨졌다.

'내가 성급했어!'

대회의실 분위기가 보도국 전체를 도마 위로 올려놓고 있었다. 입술을 지그시 물은 정인세 팀장이 쓴웃음을 삼키고 서기철 보도 국장을 보았다. 참관 청중을 살핀 서기철 국장이 다시 마이크를 잡았다.

"그 문제를 지금 언급해도 되는 자리인지 잘 모르겠으나, 생각해 둔 바를 말씀드리겠습니다. 단독보도 타이틀은 말씀하신 바와 같이 트래픽(traffic)을 많이 불러옵니다. 방송국의 대외적 이미지를 높여 왔었던 것도 사실입니다.

 그러나 전임 변정석 보도국장 당시 과열 경쟁이 붙게 되면서 이미 알려진 내용에도 단독보도 타이틀을 달아 대외적으로 물의를 만들었습니다."

 말을 잠시 멈춘 서기철 국장이 btbc 임직원 및 자회사 직원들을 전체적으로 돌아보았다.

 "전임 변정석 보도국 국장이 책임지고 물러난 사안 중 하나에는 단독보도 타이틀 오남용 건도 있다고 저는 생각합니다. 말씀한 대로 단독보도 타이틀은 순기능이 있습니다. 역기능에 방송국이 또 타격을 입을 수도 있겠지만 계속하여 단독보도 타이틀을 묶어 놓을 수는 없을 것 같습니다. 저는 좋은 것은 취하자는 주의입니다."

 말을 한 템포 쉰 서기철 국장이 말을 이어 갔다.

 "변별력 부족한 사용자로 인한 단독보도 타이틀 오남용을 막기 위해, btbc 추적 또는 btbc 확인처럼 우회적 표현으로 단독보도를 대신했으면 좋겠습니다. 그리고……"

 서기철 국장이 기자들을 보았다.

 "단독보도는 기자의 자부심이 되기도 하겠지요."

기자들이 고개를 까닥였다.

"단독보도는 특종급일 때만 검증을 거쳐 허용하는 방향으로 보도지침을 수정할 수 있도록 논의해 보겠습니다."
"우와……."

'짝짝짝'

군집을 이뤄 앉아 있던 기자들 틈에서 환호와 박수가 나왔다.

"잠시만요."

서기철 국장이 손을 들어 참관 청중을 집중시켰다.

"특종급이란 말은 자의적 해석이 가능합니다. 단독보도 타이틀을 걸고 방송할 수 있는 기준 항목을 매뉴얼화하여 부합되면 검증을 거쳐 허용하는 방향으로 단독보도 지침을 개선하겠다는 점 분명히 밝히고 가겠습니다."
"매뉴얼… 검증……."

기자들이 서로를 돌아보며 웅성거렸다. 서기철 보도국장의 말에 환호했던 기자들이 찬물 세례를 당한 듯 얼굴이 구겨져 있었다.

"단독보도 타이틀을 달지 말라는 것 아닙니까?"

뒤쪽에 있었던 이태백 기자가 총대를 메고 마이크 없이 큰 소리로 말했다. 이태백 기자의 말을 들은 서기철 국장은 눈썹이 꿈틀대려는 것을 누르고 웃으면서 이태백 기자를 보았다.

"그렇게 들렸군요! 죄송합니다."

국장이 일개 기자한테 깊숙이 고개를 숙였다. 마이크를 다시 입에 가져다 댄 서기철 국장이 또박또박 말했다.

"특종의 수준을 높이자는 뜻이니, 오해하지 말아 주세요."

대회의실이 전장이라면 일진일퇴의 싸움을 보는 듯했다. 장덕환 국장이 의문이 생긴 듯 고개를 갸우뚱하며 서기철 국장을 보며 손을 들었다.

"예, 장덕환 국장님."

서기철 국장이 직접 장덕환 국장을 호명했다.

"계속 질문하게 되어 죄송합니다."

장덕환 국장이 가볍게 서기철 국장에게 눈인사를 하고 질문했다.

"말씀하신 내용 중에 홍보와 관련된 내용이 있습니다. 검증은 누가 합니까?"

"최근 네티즌의 비난을 받는 자막 실수 사건 다들 아시죠?"

청중들이 고개를 까닥였다. 서기철 국장은 설명하기 쉽게 되었다는 듯 요지만 말했다.

"뉴스 교열 위원회를 만들어 자막 실수와 단독보도 검증을 중점적으로 다루겠습니다."

PT 시간이 길어지고 있었다.

"박 비서."

최성문 사장이 뒷자리에 앉아 있는 박연희 비서를 조용히 불렀다.

"예, 사장님."

박연희 비서는 최성문 사장 가까이 귀를 가져다 댔다.

"인원 파악해서 참관자 전원이 식사할 수 있도록 구매팀에 얘기해 도시락 좀 준비하세요."
"예, 알겠습니다."

"질문 더 있으십니까?"

꿔다 놓은 보릿자루인 양 멀뚱히 있던 오정연이 청중을 향해 말했다.

"질문 더 없으시면 2팀 PT에 대한 질의응답은 이것으로 마치겠습니다. 감사합니다."

# 3팀 PT

3팀은 이승훈 차장이 PT 발표자였다. 구독자 확대 방안으로 내세운 아이템은 시청자 트렌드에 맞게 뉴스 기사 내용과 네티즌 댓글을 통해 진실을 찾아가는 겟뉴룸 뉴스였다.

이승훈 차장은 겟뉴룸 뉴스를 위해 한국과학기술원 퍼지이론학 이자대 교수의 도움으로 인공지능에 퍼지이론을 접목하여 뉴스 내용을 수치화할 수 있는 일명 뉴스 프로파일러 시스템을 개발했다. 이승훈 차장의 설명에 의하면 뉴스 프로파일러 시스템을 뉴스와 접목하면 객관화된 뉴스를 보도할 수 있을 것으로 내다봤다.

다만 PT 내용은 좋은데 조화로움이 깨져 어긋나는 느낌이 들었다. 김여후는 참관 청중을 봤다. 옆 사람과 이야기하는 모습도 보이고 헛웃음을 짓는 사람도 눈에 띄었다.
이승훈 차장은 btbc 보도국에서 회사와 집밖에 모르는 가정적이고 성실한 사람으로 알려져 있었다. 꾀부릴 줄 모르고 농담도 못 하는 사람이었다.

'바른말 고운 말의 대명사인 이승훈 차장에게 뭘 하라고 한 거야.'

김여후는 곁눈질로 정인세 팀장을 흘끔 봤다. 멀쩡히 설명을 듣고 있던 정인세 팀장이 턱을 세우고 입을 삐쭉 내민 채 고개를 까닥거리고 있었다.

'재미있나 보네! 뭐가 재미있는 걸까? 설마 저 아재 개그?'

"풉…."

김여후 팀장은 자신도 모르게 입술을 비집고 소리가 나갔다.

"선배 웃었습니까?"

정인세가 김여후 팀장에게 물어 왔다.

"에취, 에취."

시치미를 떼고 김여후 팀장이 재채기를 했다.

"에취… 사레가……."

억지 재채기를 한 김여후 팀장은 손수건으로 입을 닦고 PT 내용을 들었다. 정인세 팀장은 의심을 채 거두지 못해 스크린으로 시선이 옮겨 간 김여후 팀장을 지켜봤다.

'왜 자꾸 보는 거야.'

"에취."

정인세 팀장의 시선이 느껴져 입을 막고 또 한 번 재채기를 했다. 긴 숨을 내쉰 김여후 팀장이 정인세 팀장을 봤다. 참 딱한 화상이었다.

'말해 주면 정인세 팀장이 PT가 조화롭지 못하다는 것을 이해할 수 있을까?'

걸작이 될 수 있는 아이템을 윗사람들에게 아부하고 아랫사람에게 권위적인 정인세 팀장 성격이 망쳐 놓은 것 같았다. 고개를 흔들어 생각을 떨쳐 버리려는데 한양대학교 신문방송학과 새내기 정인세가 떠올랐다.

자신이 한양대 신문방송학과 3학년 때, 학교 자치기구를 설명했었다. 그곳에서 1학년 정인세를 처음 만났다. 그 후 선배들한테 싹싹하여 사랑을 많이 받는 후배가 되어 있었다. 시간이 흘러 김여후는 4학년에 맞은 가을 축제에서, 친해진 여자 후배에게 정인세에 대해 안 좋은 얘기를 들었다.

'정인세 선배는 후배들에게 자신이 선배들에게 한 것을 보상받기 위해 후배들을 괴롭히는 것 같다고….'

설마 했는데, 어느 날 학교 앞 카페에서, '꼰대질'하는 정인세를 봐 버렸다. 그 후로는 정인세가 하는 모든 것들이 가식으로 보였다. 군대를 제대하고 복학 전에 KBS 방송국에 근무하는 자신을 찾아왔었다.

"선배님 좋아합니다."
"미친놈."

대뜸 그랬던 놈이, 어느 날 중앙라디오 방송국 아나운서가 되어 찾아왔다. 타고난 목소리 때문이었나? 인격적 소양은 아닌 것 같았는데······.

"사랑합니다."

내가 자신을 어떻게 생각하는지도 모르고···.
진짜 토악질 나올 뻔했다. 김여후 팀장은 정인세 팀장의 뉴스 보도는, 페이크 뉴스로 느껴져 시청을 피하는 편이었다.

김여후 팀장은 몸을 부르르 떨고 스크린 쪽으로 시선을 옮겼다. 3팀 이승훈 차장의 PT는 계속되고 있었다.

"더 나아가 사건, 사고 뉴스의 경우 뉴스 기사 댓글을 쓴 주변인을 btbc 기자가 만나 사건을 취재하여 뉴스 프로파일러 시스템의 예측 정확도를 검증해 보고 싶습니다."
"선배 3팀 PT 부럽습니까?"

3팀 정인세 팀장이 물어 왔다. 정인세 팀장을 쳐다본 김여후 팀장은 고개를 설레설레 젓고는 스크린으로 시선을 옮겼다.

"이상 댓글 팩추얼, 겟뉴룸 뉴스 3팀 PT였습니다."

3팀 이승훈 차장의 PT 끝마침에 참관 청중의 박수가 나왔다. 최성문 사장은 3팀 발표 후에도 표정 변화가 나타나지 않았다. 서기철 보도국장은 PT 간간이 눈살을 찌푸렸지만 PT 끝나고는 생각에 빠진 듯한 모습을 보였다.

"질문 받습니까?"

이번에도 이태백 기자가 손을 들고 말했다.

"예, 이태백 기자님."
"댓글 팩추얼, 겟뉴룸 뉴스는 신설 프로가 아닌데 PT한 이유를 듣고 싶습니다."

이태백 기자가 질문했다. 마이크를 든 이승훈 차장이 차분하게 답했다.

"뉴스 프로파일러 시스템도 개발되었습니다. 분명 기회가 있을 것으로 생각하고 있습니다."

이승훈 차장은 대답 말미에 최성문 사장과 서기철 국장을 보았다.

"그렇지요, 국장님?"

서기철 국장이 최성문 사장을 보았다.

"나쁘지 않군."

최성문 사장은 서기철 국장에게만 들리도록 작게 말을 했다. 서기철 국장이 이승훈 차장을 보았다. 열의가 담긴 눈빛을 하고 있었다. 서기철 국장은 고개를 까닥였다.

"서기철 국장님께서 동의하셨습니다."

이태백 기자가 또 손을 들었다.

"예, 이태백 기자님. 질문하세요."

이승훈 차장이 PT에서 보인 억지 아재 개그를 걷어 내자 진행이 매끄러웠다.

"제가 전담 기자가 되면 뉴스 프로파일러 시스템과 이태백 기자의 대결이 되는 겁니까?"

"푸하하하."

이태백 기자의 농담 섞인 질문에 참관 청중의 웃음이 터져 나왔다.

"댓글 팩추얼, 겟뉴룸 뉴스가 실시간 유튜브 채널에 정식 론칭되면 전담 기자를 지원 바라겠습니다. 더 이상 질문 없으시면 3팀 PT에 대한 질의 응답을 끝내겠습니다. 감사합니다."

# 1팀 PT

마지막 PT 발표자는 1팀 오혜수였다. 1팀은 btbc 뉴스 미래 비전을 들고 나왔다. 오혜수가 리모컨을 눌렀다.

|  |  |  |
|---|---|---|
|  |  |  |

스크린에 세 칸의 네모가 나왔다. 참관 청중들은 네모 안에 무엇이 들어갈지 궁금했다.

| 뉴스 |  |  |
|---|---|---|

첫 번째 네모 칸에 '뉴스'란 글자가 나왔다. 참관 청중들은 뉴스를 소리 내 읽었다.

| 뉴스 | 시청자 |  |
|---|---|---|

두 번째 네모 칸에 '시청자'가 나왔다. 이번에도 참관 청중은 소리 내 읽었다.

| 뉴스 | 시청자 | 인터페이스 |
|------|--------|-----------|

세 번째 네모 칸에 '인터페이스'가 나왔다. 역시나 이번에도 참관 청중이 인터페이스를 소리 내 읽었다.

"뉴스에서 가장 필요한 것은 뉴스, 시청자, 인터페이스, 즉 뉴스와 시청자를 연결하는 것입니다."

오혜수가 리모컨을 눌렀다.

하나의 네모 칸이 나왔다.

"위의 네모 칸 속 10자를 단 3자로 줄이면…."

오혜수가 리모컨을 눌렀다.

| 동기화 |
|--------|

참관 청중이 소리 내 읽었다.

"예. '뉴스는 시청자와 동기화'가 되어야 합니다. 그러기 위해서 가장 필요한 것은 무엇일까요?"

| 상태 창 |
|---|

의미는 알지 못하지만, 네모 칸의 글씨를 참관 청중이 소리 내 읽었다. 단순한 퀴즈 게임 같아서 참관 청중은 스크린에서 눈을 떼지 못하고 있었다.

"옛말에 지피지기면 백전불태, 즉 '상대편과 나의 약점과 강점을 충분히 알고 승산이 있을 때 싸움에 임하면 이길 수 있다.'라는 말이 있습니다. 대부분의 사람들은 다른 사람을 보는 눈은 가지고 있지만 자신을 제대로 보지 못합니다.
 뉴스와 시청자와의 동기화는 뉴스 진행자인 자신과 시청자와의 동기화입니다. 자신을 바로 알지 못하면 뉴스는 시청자와 동기화될 수 없을 것입니다.
 잠시 저희 1팀 배동준 차장이 최근 뉴스 보도한 원본을 보고 동기화의 관점에서 1팀에서 제작한 파일럿 영상을 보겠습니다."

오혜수가 노트북에서 '뉴스 파일 1'을 클릭했다. 1월 5일 어제, 배동준 차장이 보도한 저녁 8시 뉴스가 나왔다. 참관 청중도 다 아는 사실이었으나 다음 동기화 영상에서 차이점을 찾기 위해 집중해 보았다. 3분 정도 재생되고 오혜수는 1번 파일 동영상을 멈추고 2번 파일 동영상을 재생시켰다.

자막으로 영상 편집 이연진, 뉴스 보도 배동준 차장 이름이 잠시 떴다 사라졌다. 방금 전 보았던 똑같은 내용이지만 어딘가 달랐다. 참관 청중은 뉴스 속으로 빨려 들어간 것처럼 눈을 떼지 못하고 있었다.

동영상이 재생되고 3분, 5분, 10분, 15분 경과……. 참관 청중은 대회의실 바닥으로 무엇인가 떨어져도 모를 정도로 뉴스에 초집중 상태로 빠져들었다. 오혜수도 뉴스 속에 빠져들어 동영상 플레이를 멈추는 것을 잊고 있었다. 30분 후 녹화 영상이 끝났다.

"아……."

참관 청중들이 비로소 정신을 차렸다. 사건 영상은 별 변화가 없지만 배동준의 딜리버리 속에 강약 조절이 되면서 귓속에 쏙쏙 꽂히는 멜로디를 듣고 있는 느낌이 들었다. 오혜수가 마이크를 들었다.

"사람은 100인 100색입니다. 아나운서는 지금까지 독특하게 100인 1색의 말투를 목표로 하고 있었습니다. 아나운서의 발성, 발음, 톤이 꼭 하나의 특색을 지녀야 할까요? 저희도 뉴스와 시청자를 동기화로 생각하지 못하고 있었을 때는 정형적으로 자리 잡힌 아나운서 말투를 구사하기 위해 노력해 왔습니다. 그러나 동기화의 관점으로 뉴스를 보게 되면서 100인 100색의 아나운서 말투가 가능하다는 것을 알게 되었습니다. 이상으로 1팀 PT를 마치겠습니다."

"와아아아아……!"

'짝짝짝 짝짝짝 짝짝짝 짝짝'

참관 청중이 우레와 같은 박수갈채를 퍼부었다. 무엇인가에 고무된 듯 배고픔도 잊고 있는 것 같았다. 질의응답 시간이 되자, 장덕환 홍보국 국장이 손을 높이 들었다.

"장덕환 국장님, 질문해 주세요."
"새로운 아나운서 말투 사용에 어려움은 없었습니까?"
"저희처럼 직업적으로 오랫동안 단련하신 분이라면 금방 새로운 아나운서 말투를 터득할 수 있을 것 같습니다."

서기철 보도국 국장이 손을 들었다.

"예, 서기철 국장님."
"1팀에서는 유튜브 파트 프로그램 콘티가 있습니까?"
"예, 가지고 있습니다. 어쩌면 btbc는 물론 전 세계를 놀라게 할 히든카드가 될 것입니다."
"근거는요?"
"기업비밀 사항이라 동의를 얻어 동영상을 받아 국장님께만 따로 전달해 드리겠습니다."
"힌트는 말해 줄 수 있나요?"
"4차 산업 싱크로율 100% 매트릭스 같은 메타버스입니다."

오혜수는 별것 아니라는 듯 얘기했다.

"에이…."

기자들을 비롯하여 참관 청중이 눈을 반짝이며 집중하고 있다가 몸에 힘을 쭉 뺐다. 서기철 국장은 오혜수 눈을 보았다. 오혜수가 아무런 말이나 하고 있다고 생각되지 않았다.

"좋아요, 그럼 방송한다면 언제부터 가능하죠?"
"예. 소프트웨어 베타 테스트와 하드웨어는 프로토타입 테스트 및 안전성 검증이 끝나 상용화 시기를 엿보는 중 같았습니다. 마케팅에 도움을 주고 촬영 허락만 받을 수 있다면 언제든 가능할 것 같습니다."
"사전 조율이 있었습니까?"
"예, 조금…."

오혜수는 참관 청중을 돌아보았다.

"질문 없으시면 질의응답을 끝내겠습니다. 감사합니다."

서기철 보도국장이 마이크를 들고 단상으로 나갔다.

"안녕하십니까. 보도국 국장 서기철입니다. 오늘 PT를 통해 btbc 뉴스의 희망을 보았습니다. 이미 btbc는 뉴스 시청자 인터페이스, 즉 뉴스와 시청자의 동기화라는 화두에 눈을 떴습니다. TF를 꾸리지 않아도 됩니다. 이미 답이 나온 것 같습니다.

제가 각 팀에 내건 포상은 btbc 뉴스 유튜브 채널 크리에이터 1일 두 번 각각 40분을 걸었습니다. 1팀 메타버스 콘티에 2일 160분을 드리겠습니다. 크리에이터는 팀원들이 단체 참여를 하든지 각 팀에서 알아서 하는 게 좋겠죠?"

서기철 국장이 보도국 직원들을 보며 말했다. 대표로 팀장들이 고개를 까닥여 동의했다.

"2팀, 3팀은 1일 그리고 반일, 즉 120분의 시간을 사용하게 해 드리겠습니다. 2팀은 우리가 잘하는 재난 방송 라이브 뉴스에 중점을 두거나 재난 사고가 항상 일어나지 않으니 연구가 필요할 것 같습니다."

김여후가 고개를 까닥여 대답을 대신했다.

"3팀은 댓글 팩추얼. 겟뉴룸에 인공지능 뉴스 프로파일러 시스템을 이용한 프로그램을 하는 게 좋을 것 같습니다.

뉴스 개편은 뉴스와 시청자 동기화를 충분히 준비하여 3월부터 btbc 뉴스 개편 방송을 하도록 합시다. 그리고 오늘 동기화 아나운서 말투를 통한 뉴스를 들어 보니, 음원으로 출시된다면 넣어 놓고 듣고 싶다는 생각을 했습니다. 그런 날이 곧 올 것 같죠? 이상입니다."

"와아아!"

'짝짝짝 짝짝짝'

서기철 국장의 말이 끝나기 무섭게 관람 청중으로부터 우레와 같은 박수가 쏟아져 나왔다. 이 와중에 홍보국장 장덕환은 관련 소식을 업데이트(update)하기 위해 빠르게 메모해 나갔다.

"아, 아."

최성문 사장이 마이크 테스트를 했다.

"btbc 뉴스의 방향성이 정해지는 자리에 함께할 수 있어 굉장히 뜻깊은 자리가 되었습니다."

최성문이 직원들을 향해 고개를 숙였다.

"점심시간이 훌쩍 넘었음에도 아무도 자리를 떠난 분이 없는 것 같습니다."

'박 비서.'

최성문 사장이 마이크를 입에서 떼고 박연희 비서를 부르며 눈짓했다. 박연희 비서가 두 팔로 원을 그렸다. 최성문 사장이 참관 청중을 둘러보며 마이크를 입으로 가져다 댔다.

"배고프시죠? 늦었지만 점심 도시락이 준비됐습니다. 앉아 있으면 도시락을 나눠 줄 것입니다. 식사 천천히 마치시고 오후 업무에 복귀해 주세요."

* * *

"우하하하하! 우하하하하!"

보도국 팀 배틀을 보고 돌아온 최성문 사장이 큰소리로 웃어 젖혔다. 몇 년 만에 이렇게 크게 웃어 본 것인지.

'띠르르 띠르르'

기분이 좋아진 최성문 사장이 인터폰을 눌렀다.

"예, 사장님."
"좀 들어오세요."

최성문 사장은 법인카드를 꺼내 박연희 비서에게 내밀었다.

"말해 놓을 테니까, 보도국 서기철 국장에게 좀 전해 주세요."
"예, 알겠습니다."

최성문 사장은 보도국 직원들에게 밥이라도 사 주고 싶었다.

## 채플 메타버스 투자비

전략기획팀 방철원 본부장이 현진그룹 본사 회의실에서 채플 메타버스 론칭에 관하여 브리핑했다. 유민상 전무가 손을 들고 물었다.

"채플 메타버스 관련 사업 투자비 3,600억 원 중 마포 물류창고 후적지 판매 대금이 1,080억 원, 현서진 회장님 투자비가 2,520억 원 맞습니까?"

방철원 본부장이 마이크를 들었다.

"예, 맞습니다."

임원들이 놀란 눈을 하고 고개를 설레설레 내저었다. 현서진 회장의 재력이 믿기지 않는 것이었다.

\* \* \*

현정호 명예회장은 현서진 회장이 살아 돌아온 8년 전에 1억을 주었다. 그 이전 현서진은 생명과학 연구소의 뇌 과학 프로젝트 6번 실험체로 캡슐 속에 넣어져 수면 상태로 4년 동안 임상실험에 사용됐다. 김형섭 박사가 오랫동안 현서진의 생명을 유지시킨 것은 현서진 뇌 의식이 만든 허상의 세계를 중간세계로 믿었기 때문이었다.

　슈퍼컴퓨터와 인터페이스된 현서진이 생명과학 연구소의 cctv를 통해 실험체로 이용되고 있는 자신을 알게 되었다. 그 충격으로 발현되었던 단백질 유전자가 끊어진 중추신경 단면 신경세포를 증식시켜 이어 놓았다. 자기의 신체 통제권을 찾게 되었던 현서진은 사망 처리된 자신에 관한 정보를 초지능으로 정부 전산시스템을 뚫어 수정하고 캡슐에서 나왔다.

　구사일생으로 생환해 집으로 돌아오게 된 지도 만 8년이 지나갔다. 초지능을 각성한 현서진은 마음만 먹는다면 기업의 사업 비밀을 손쉽게 빼내거나 조작할 수도 있는 사람이었다. 하지만 현서진은 그러한 적이 단 한 번도 없었다. 공개된 정보만을 분석해 천문학적 수익을 만들었고, 축적해 놓은 자금 일부를 채플 메타버스 론칭에 사용하는 것이었다.

# 캠핑장 건설

윤경필 건축사는 오토캠핑장 주관리동 28평대와 보조관리동 9평대를 설계하여 캐드 파일 원본을 오재승 교수에게 보냈다. 강원측량에 관리동 파일을 보내고 수영장이 있는 뷰(view) 중심의 계단식 토목설계를 의뢰한 오재승 교수는 강원측량의 최종 토목설계가 마음에 들었다. 오재승 교수의 최종승인을 받은 강원측량은 영월군청에서 오토캠핑장 인허가를 받았다.

오재승 교수는 영월지역 건설 회사와 캠핑장 건설을 계약했다. 캠핑장 건설의 첫 과제는 지하수 관정 뚫기였다. 높은 해발로 상수도를 끌어올 수 없어 지하수를 사용하게 된 것이었다. 계획이 조금은 수정됐지만 대동산업개발과 계약하여 영월군청 허가를 받아 100mm 대공을 뚫고 물을 끌어올 수 있었다.

토목공사가 시작되었다. 4m의 단차를 둔 계단식으로 부지가 변모하기 시작했다. 토목공사가 마무리되면 운교산 뷰 캠핑장은 80㎡ 너비를 확보한 캠핑 사이트 31개가 만들어질 예정이었다.

# 봄 개편 방송

오재승 교수가 서울과 영월을 오고 가며 캠핑장 건설에 박차를 가하고 있을 때 btbc는 봄 개편을 통해 시청자와 동기화를 목표로 한 오후 8시 뉴스룸을 배동준과 오혜수가 진행했다.

뉴스가 끝나고 btbc 8시 뉴스룸이 네이버 실시간 검색어 순위 10위에 오르며 검색어 순위를 높여 가기 시작했다. 오후 10시 btbc 8시 뉴스룸, 동기화, 오혜수, 배동준, 상태 창이 실시간 검색어 순위 1위부터 5위까지 줄 세우는 기염을 토해 냈다.

btbc 8시 뉴스룸을 검색하면 btbc 홈페이지가 떴다. 홈페이지에는 지난 보도국 팀 배틀 내용과 PT에서 오혜수가 언급한 뉴스와 시청자의 연결인 동기화와 관련해 상태 창의 중요성도 일목요연하게 정리되어 있었다.

> "동기화 아나운서 말투를 통한 뉴스를 들어 보니, 음원으로 출시된다면 넣어 놓고 듣고 싶다는 생각을 했습니다. 그런 날이 곧 올 것 같죠?"

홍보국 장덕환 국장은 서기철 국장이 했던 말을 캐치했다. btbc 뉴스

음원 서비스와 MZ세대를 타깃으로 광고 없는 유료 스트리밍 btbc 뉴스 어플을 3월 1일부터 앱스토어와 플레이스토어에서 다운받을 수 있게 했다.

3월 2일 피플미터 시청률 조사에 따르면 전일 보도된 btbc 8시 뉴스룸은 평균 시청률 4%, 순간 시청률 5.5%를 기록했다. 화제성 면에서는 현재까지 네이버 실시간 검색 순위 10위권 내에 btbc 8시 뉴스룸이 있었다.

btbc 정규 뉴스 방송이 끝나고, btbc 실시간 유튜브 방송에서는 2팀 오정연 차장이 경북 성주군 산불 소식을 라이브로 방송하고 있었다. 어제 저녁 산불 소식을 들은 오정연 차장은 btbc 헬기를 타고 성주로 내려갔다. 밤을 새워 가며 현장 상황을 전하는 btbc 재난 방송으로 산림청에서는 날이 밝기 무섭게 인근관 진화 헬기 50%와 진화 대원을 조기 동원하여 화재를 진화하고 있었다.

"산림청은 오늘 오전 11시 기준 산불 진화율은 약 90%이며 남은 화선은 110m 정도라고 밝혔습니다. 또 불이 난 지역에 현재 초속 2~3m의 바람이 불고 있어 산불 확산은 더딘 상황이라고 설명했습니다. 현장에는 산불 진화 대원 800명과 진화 장비 24대, 진화 헬기 8대가 투입돼, 진화 작업을 이어 가고 있습니다. 산림 당국은 오전 안에 주불을 잡고 잔불 정리에 돌입할 계획이라고 설명했습니다. btbc 라이브 뉴스 오정연이었습니다."

'짝짝짝'

스탠드 업 상태로 재난 라이브 방송을 지켜보던 보도국 직원들은 오정연 차장 얼굴에 묻은 숯검정 흔적을 보고 난 후 '진한' 현장감을 느끼고 있었다.

라이브 방송을 지켜본 2팀 김여후 팀장은 눈살을 찌푸렸다. 오정연 차장의 재난 방송을 보고 재난 취재 전담 기자의 필요성이 느껴졌다.

"과도하게 나타내는 것을 피했으면 좋겠는데 말이야······."

김여후는 손끝으로 찌푸려진 이마를 매만졌다. 오정연 차장은 현장감을 배가시켜 '자칫' 따라 하는 사람들로 사고가 날 수 있었다.

"신경 쓰여?"

지나가던 1팀 유상진 팀장이 2팀 김여후 팀장에게 말했다.

"조금…."

1팀 유상진 팀장은 김여후 팀장의 생각을 알고 있는 듯 다시 보기 영상을 물끄러미 지켜보고 1팀으로 걸어갔다.

## 주말에

"와…."

오혜수는 현서진이 아침 겸 점심으로 요리한 조개가 듬뿍 섞인 봉골레 파스타를 보며 눈을 반짝였다.

"오빠, 너무 맛있겠다."
"잠시만 기다려 봐요."

현서진은 흰색 와이셔츠 차림의 오혜수에게 커피색 앞치마와 흰색 앞접시를 가져다주었다. 어젯밤 상암 btbc 8시 뉴스룸이 끝나고 오혜수는 곧장 수원 현서진 저택으로 왔다. 현서진과 밤을 보내고 지금은 알몸에 현서진의 흰색 와이셔츠만 입고 있었다.

"벗을까요?"

입고 있는 흰색 와이셔츠를 보며 오혜수가 말했다.

"그럴 필요 없어요. 면 불기 전에 먹어 봐요."

얼굴이 붉어진 현서진이 말했다. 현서진을 보며 씽긋 웃은 오혜수는 한 손으로 긴 머리카락을 넘겨 잡고 포크로 면을 돌돌 말아 입에 넣었다.

"맛있어요."

오물오물 씹어 삼킨 오혜수가 현서진을 보며 말했다.

"입맛에 맞아 다행이에요. 잠시 기다려 봐요."

식사를 불편하게 하는 오혜수의 긴 머리카락을 현서진이 정장 손수건을 가지고 와 뒤로 모아 묶어 주었다. 오혜수의 표정이 굳어졌다.

"머리 묶는 것 싫어해요?"

현서진은 오혜수의 굳어지는 표정을 보며 '아차' 싶어 물었다.

"그런 것이 아니라 기분이 좀……."
"기분이 어떤데요?"

말을 망설이는 오혜수에게 현서진이 물었다.

"이럴 때면 오빠가 많은 여자를 사귄 것 같아서요…….."
"오혜수씨가 그런 생각을 하게 될 거라고는 미처 생각 못 했어요. 미안합니다."

현서진이 파스타를 포크로 돌돌 말아 입에 넣으며 말했다.

"아니에요. 제가 미안해요. 엉뚱한 생각을 했었나 봐요."

오혜수가 부끄러운 듯 얼굴이 붉어졌다.

"채플 메타버스 방송 준비는 다 됐어요?"

현서진이 화제를 돌려 오혜수에게 물었다.

"네."
"출연진이 구성되었나요?"

현서진이 일상적인 느낌으로 물었다.

"자문위원 뇌 과학자 아닐세스, 카이스트 뇌 공학과 이민한 교수, 메타버스 체험은 댄스 듀오 강일례, 두준협, 이연진 아나운서, 저 이렇게 6명이 방송을 함께하기로 했어요."
"아닐세스가 패널이 되었네요. 오혜수씨 대단한데요."

현서진이 오혜수를 치켜세웠다.

"제가 한 것은 별로 없어요. 채플 메타버스가 대단해서지……."
"아닐세스는 한국 체류 기간이 짧다면서요?"
"그래서 채플 메타버스 동영상을 보내 찔러 봤는데… 아닐세스가 모든 일정을 비우고 국내에서 2주간 머물겠다는 연락을 했어요. 이번 채플 메타버스 첫 화는 프로그램 편집을 쇼핑하는 장면부터 나와서 사람들이 그냥 쇼핑하는구나! 하고 볼 것 같아요."
"의도성 있는 편집이겠죠?"
"네, 마케팅 전략이에요."

오혜수의 말을 들으며 식사를 마친 현서진이 냅킨으로 입을 닦았다.

'지이잉… 지이잉… 지이잉…'

식탁 한쪽에 놓아두었던 현서진의 핸드폰이 진동하며 화면이 켜졌다. 오혜수가 현서진을 보았다.

"어머니입니다."

현서진의 말을 들은 오혜수는 고양이처럼 의자 위에 쪼그려 앉아 있던 다리를 풀어 바르게 앉았다.

"오빠 어머니요?"

고개를 까닥여 대답한 현서진이 전화를 받았다.

"아들."
"예, 어머니. 잘 지내셨어요?"
"그럼. 엄마, 아버지는 잘 지냈지. 뭐 하고 있어?"
"점심 먹었어요. 어머니는 뭐 하고 계세요?"
"아버지랑 화성 둘레길로 트레킹하려고 왔지…."
"춥지 않으세요?"

현서진이 주선희에게 물었다.

"봄 날씨가 따뜻해. 아들 오후에 뭐 해?"
"오후에요?"

현서진이 난처한 듯한 표정으로 오혜수를 보았다.

"쉬는 날 괜한 걸 물었구나?"
"아닙니다. 운동 끝나고 차 드시는 것은 어떠세요?"

"차?"

"예."

"나야 좋지! 아버지께 물어볼게."

주선희가 현정호 명예회장에게 묻는 소리가 들렸다.

"네 집에서 마실까?"

"그게……."

복잡한 현서진의 감정이 눈에 얽히며 나타났다.

"왜? 나랑 아버지가 가면 안 되는 일이라도 있니?"

"아니요, 천천히 오세요. 소개해 드릴 사람과 함께 있어요."

"진짜, 필요한 것은 없고?"

"그냥 오세요, 어머니…."

"알았다. 곧 보자."

현서진이 전화를 끊고 오혜수를 보았다.

"후…."

흔들리는 눈동자로 현서진을 보던 오혜수가 가벼운 한숨과 함께 천천히 긴장을 풀었다. 사랑하는 사람의 부모님과 첫 대면을 하게 될 자리였다.

'사랑 그런 것, 믿을 것 못 된다. 서로에게 필요한 사람이 되어야지.'

귀가 따갑게 들었던 엄마의 말이 생각나며…… 오혜수는 머리가 맑아졌다.

"오빠, 설거지 빨리하고 씻을게요. 오빠 먼저 준비하고 계세요."

오혜수는 냅킨으로 입을 닦고 빈 접시와 포크, 숟가락을 챙겨 싱크대로 향했다. 현서진이 셔츠 소매를 걷어 올리며 오혜수 뒤를 따라갔다.

"혜수씨."

오혜수가 고개를 돌려 현서진을 올려다보았다.

"설거지는 제가 합니다."

현서진은 오혜수의 어깨를 살포시 감싸 안아 거실로 향하게 했다.

적당히 준비를 끝마친 오혜수가 현서진에게 물었다.

"저 어때요?"

흰색 블라우스 위에 검은색 정장을 입은 오혜수는 서글서글한 눈과 가지런한 눈썹, 오똑한 콧날, 도톰하고 선이 분명한 입술 라인이 조그만 얼굴에 어긋남 없이 적당한 위치에 자리 잡아 전체적으로 시원한 느낌을 주고 있었다.

"제 스타일입니다."

현서진이 엄지를 세우며 말했다.

"오빠 부모님께서 어떻게 생각하실지 봐 줘요."

오혜수가 진지한 눈빛으로 물었다.

"글쎄요, 그런 얘기를 해 본 적 없어서."

현서진의 말에 오혜수는 울상이 되었다.

## 부모님께 소개

미닫이식 차고 문을 통해 검은색 아우디 S8이 현서진 저택 주차장에 들어섰다. 현서진과 오혜수가 현정호 부부를 마중 나왔다.

"오셨어요."
"안녕하세요, 처음 뵙겠습니다."
"예, 만나게 되어 반가워요."

간단한 인사를 나눈 네 사람은 엘리베이터를 타고 2층 응접실로 향했다. 현서진은 커피를 내리고 오혜수는 사과를 토끼 모양으로 깎고 접시에 담아 테이블로 내갔다. 주선희와 현정호 명예회장은 두 사람을 흐뭇하게 바라보았다.

"현 회장, 다 됐으면 앉아요."

오혜수를 의식해 현서진을 현 회장이라고 주선희가 불렀다.

"오혜수씨라 했죠?"

"네, 어머니. 편하게 불러 주세요."

"초면인데 그럴 수 있나요, 차차 그렇게 부를 수 있도록 해 볼게요."

자상하게 말하는 주선희는 오혜수의 행동을 조용히 살펴보았다. 오혜수는 현서진 옆에 다소곳이 앉아 현서진 가족들이 이야기하는 것을 들으며 현서진 부모님께서 물어 오는 말에 곧잘 대답했다.

"방송국 일은 할 만해요?"

"네, 어머니. 최근에는 서진씨가 도움을 많이 줘서 뉴스 시청률이 많이 오르고 있어요."

"우리 아들이 뉴스를 뭘 안다고…. 혜수씨가 잘해서겠지."

"아니에요, 진짜 서진씨 도움을 많이 받고 있어요."

"그래?"

주선희가 현서진을 보았다. 현정호 명예 회장도 현서진에게 시선이 가 있었다. 오혜수가 현서진에게 말 좀 해 보라고 옆구리를 가볍게 찔렀다. 현서진은 오혜수를 보고 주선희를 보았다.

"그게…."

머뭇거리며 현서진이 다시 오혜수를 보았다.

"동기화, 상태 창."

오혜수가 현서진에게 작게 말했다.

"동기화, 상태 창, 그게 왜요?"

팀 배틀에서 오혜수가 한 PT 내용을 모르는 현서진이 오혜수를 보며 되물었다.

"어머니, 서진씨가 기억 못 하나 봐요. 저희 1팀이 이겼다고 자랑했었는데…."
"쯔쯔."

주선희가 현서진을 보고 혀를 찼다.

"남자들은 저런다니까?"
"난 아니에요."

현정호 명예회장이 말했다.

"뭐가 아니에요."

입이 딱 벌어진 현정호 명예회장이 현서진을 보며 눈을 부라렸다.

"죄송합니다."

현서진은 동기화와 상태 창이 어떻게 도움이 되었는지 이유도 모른 채 사과부터 하게 되었다. 그때부터 주선희와 오혜수는 죽이 척척 맞아 깔깔대며 노닥거렸다.

"하하 호호……."
"오호라, 그렇게 1팀이 우승한 것이었구나."
"네, 어머니."
"우리 아들이 잘못했네. 그것도 기억 안 해 주고."
"그러게 말이에요, 어머니."

여자들 수다가 끝도 없이 이어지고 있을 때, 현정호 명예회장이 끼어들었다.

"오혜수씨, 아버지께서는 건강하신가요?"

화기애애하고 즐거웠던 분위기가 한순간에 썰렁해졌다. 주선희가 현정호 명예회장을 쏘아보고 오혜수를 보았다.

"아버지께서는 건강하세요. 올 초에 대학에서 은퇴하시고 지금은 영월에 캠핑장을 만들고 계세요."
"아버지 성함이 어떻게 되세요?"

"오 재 자 승 자를 쓰십니다."
"오재승 교수가 아버지셨군요."

주선희가 현정호 명예회장을 보았다.

"아는 분이세요?"
"직접적으로는 모르지만 신문에도 많이 실리고 방송에도 나오셨던 분이라 당신도 보면 알 겁니다."

현정호의 말을 들은 주선희가 오혜수를 봤다.

"아버지께서 유명인이셨네. 뭘 가르치신 거야?"

두 사람은 이미 친해진 듯 주선희가 오혜수에게 말을 편하게 했다.

"카이스트에서 바이오 및 뇌 공학을 가르치셨어요."
"오혜수씨가 범상치 않은 것이 아버지를 닮아 그런가 봐."

주선희의 말에 오혜수가 얼굴을 붉혔다.

"아버지 닮은 걸 모르고 살았나 봐요. 항상 바쁘셔서 엄마 영향을 많이 받고 자랐거든요."

현서진은 오혜수의 가족사에 관한 내밀한 얘기를 듣지 못했기에 새로운 사실을 알게 되었다. 주선희가 오혜수의 손을 잡았다.

"힘들었겠네."

주선희의 말에 오혜수는 울컥하여 눈물이 맺혔다.

"받고 싶은 사랑을 못 받아도 주고 싶은 사랑을 못 줘도 힘들지."

말을 한 주선희의 눈이 현서진을 물끄러미 바라보았다.

# 뉴스 프로파일러 VS 이태백 기자

3월 20일, 3팀 댓글 팩추얼, 젯뉴룸 뉴스는 탐사 프로그램 형식을 하고 〈뉴스 프로파일러 VS 이태백 기자〉로 라이브 방송되었다. 정인세 팀장, 이승훈 차장, 이태백 기자 3인이 어두운 뉴스룸에 앉아 무거운 느낌을 담아내며 진행했다.

첫 번째로 다룬 사건은 삼영그룹 산하 삼영연구소 김형섭 박사의 죽음과 이한성 수석연구원의 정신병원 입원에 관해서였다. 정인세 팀장은 삼영연구소 사건을 간략하게 설명하고 인공지능 뉴스 프로파일러에게 물었다.

"삼영그룹이 나쁩니까?"

2% 나쁨이 나왔다.

"범죄 연관 가능성이 있습니까?"

가능성 60%였다. 정인세 팀장이 이태백 기자를 보았다.

"범죄 가능성을 뉴스 프로파일러는 60%로 보고 있습니다. 이태백 기자가 삼영연구소 사건을 취재했죠?"

"예."

"김형섭 박사는 어떻게 사망하게 되었습니까?"

정인세 팀장의 질문을 받은 이태백 기자가 노트북을 보며 취재 내용을 말했다.

"김형섭 박사는 2014년 10월 29일 생명과학 연구소 상임 임원에서 해임되고 뇌 과학 프로젝트에서도 방출되었습니다."

"이유가 무엇이었습니까?"

"뇌 과학 프로젝트를 뇌 공학, 뇌 과학 분야의 교수들과 공동연구로 진행했습니다. 김형섭 박사는 공동연구자들이 비동의한 항목의 무단 실험을 반복하여 프로젝트에 참가한 교수들이 생명과학 연구소 소장에게 김형섭 박사 해임을 요구하여 방출된 것으로 확인했습니다."

"그래서요?"

정인세 팀장이 자연스럽게 질문을 이어 갔다.

"삼영그룹 산하 삼영연구소로 김형섭 박사는 이한성 수석연구원과 함께 옮겨 가게 됩니다."

"그러고는요?"

"삼영연구소의 적극적 지원 아래 뇌 과학 프로젝트가 진행되었습니다."

이태백 기자가 짧게 설명했다. 정인세는 맥이 끊길 것 같아 곧바로 질문을 이어 갔다.

"국가 산하 기관 생명과학 연구소보다 삼영그룹 계열의 삼영연구소가 연구하기에는 더 좋았을 것 같은데, 연구 진전은 있었습니까?"

노트북을 클릭한 이태백 기자가 설명했다.

"8년 전 2014년 11월 23일, 돌연 김형섭 박사가 사망했습니다. 진전이 있기에는 삼영연구소에서 연구 기간이 짧습니다."
"김형섭 박사의 사망 사인은 밝혀졌습니까?"
"사망 사인은 뇌출혈이었습니다."
"생명과학 연구소에서 보였던 김형섭 박사의 행태가 삼영연구소에서도 계속된 것이었습니까?"
"사망 사인으로 추정하면 가능성이 있습니다."
"그렇다면 이한성 수석연구원의 정신병원 입원이 김형섭 박사의 뇌 과학 프로젝트와 관련이 있는 것이겠군요?"

계속하여 정인세 팀장의 질문이 이어졌다.

"그 부분은 취재가 더 필요합니다. 삼영연구소에서 관련 연구자는 김형섭 박사와 이한성 수석연구원 두 사람인 것으로 확인되었지만, 김형섭 박사 사망 이후 뇌 과학 프로젝트가 폐기되고, 연구에 사용된 컴퓨터와 자료는 삼영연구소의 자체 보존 보관 기간인 5년이 지나 폐기 처리되었습니다."
"그래요. 자료가 폐기되었다면 다른 방법으로 관련성을 알아보았습니까?"
"아직 그 부분은 취재가 덜 되었습니다."
"알겠습니다."

정인세 팀장이 이승훈 차장을 보았다.

"정신병원에 입원 중인 이한성 수석연구원은 취재했습니까?"

정인세 팀장의 의도를 알아차린 이승훈 차장이 자연스럽게 다음 질문을 이태백 기자에게 했다.

"보호자가 반대하여 취재할 수 없었습니다."
"병원에 협조는 받아 보았습니까?"

정인세 팀장이 곧바로 파고들며 이태백 기자에게 질문했다. 이태백 기자는 이승훈 차장과 정인세 팀장이 연거푸 쏟아 내는 질문에 목이 탔다. 생수병을 열어 물 한 모금을 마시고 씁쓰름한 표정을 한 채 말했다.

"보호자 동의 없이는 안 된다는 답변을 들었습니다."

정인세가 미간을 살짝 찌푸리고 이승훈 차장을 봤다.

"정신병원에 입원한 이유가 무엇입니까?"

이승훈 차장이 이태백 기자를 보며 질문했다.

"망상장애로 입원하게 되었습니다."
"망상장애요?"
"예."
"어떻게 확인했습니까?"
"기사 내용에 댓글로 언급한 네티즌을 찾아서 취재했습니다."
"자, 그럼 이태백 기자가 취재한 인터뷰 동영상을 보고 오겠습니다."

정인세 팀장이 말했다. 동영상이 재생되었다.

"이한성씨와는 어떻게 알고 있습니까?"

이태백 기자가 편의점 주인에게 물었다.

"이한성은 철물점 사장님 큰아들입니다."
"안면이 있으시겠네요?"
"예. 철물점 사장님과 저는 상수동 토박이입니다. 어렸을 때는 한성이와도 친했었습니다."
"철물점 사장님을 통해 이한성씨가 정신병원에 입원한 것을 알았습니까?"

"예, 한성이가 오래도록 안 보여 철물점 사장님에게 물어 알게 되었습니다."

"동네에서 함께 살았어도 자식 병명을 알려 주진 않을 텐데……. 망상장애는 어떻게 알 수 있었습니까?"

"한성이가 편의점에 찾아와 자기 가게라고 헛소리해서 많이 싸웠었습니다."

"이한성씨 편의점일 수는 없는 것입니까?"

"당연하지요. 제가 직장 그만두고 퇴직금과 모아 둔 돈으로 차린 가게입니다."

음성변조 된 목소리가 격앙된 듯 들렸다.

"그런데 왜 이한성씨는 자기 가게라고 그러는 겁니까?"

"미친 거죠!"

"미쳤다니요?"

"직장 잘 다녔던 이한성이 어느 날 갑자기 회사도 안 가고 자식들 먹여 살려야 된다면서 제 편의점으로 왔었습니다."

"이한성씨는 결혼했습니까?"

"결혼은 무슨 결혼을 합니까? 그러니 미쳤다는 것이지요."

"자식 먹여 살려야 된다고 그랬으면 이한성씨에게 숨겨 둔 자식이 있는 것은 아닐까요?"

"철물점 사장님도 손주들 얘기는 모르는 사실이라고 했습니다."

동영상이 멈추고 스튜디오로 화면이 넘어왔다.

"제보자 말만 믿고 이한성씨가 망상장애를 앓고 있다고 하는 것은 아니겠죠?"

정인세 팀장이 이태백 기자에게 질문했다.

"물론입니다. 편의점은 비교적 오래된 상권에 위치해 주변 상가에서도 이한성씨로 인한 소란을 기억하는 사람들이 있어, 크로스 체크를 할 수 있었습니다."

\* \* \*

"뉴스 프로파일러 vs 이태백 기자. 이번 시간에는 김형섭 박사 사망과 이한성 수석연구원의 정신병원 입원을 다뤘습니다. 뉴스 프로파일러는 범죄 가능성 60%, 이태백 기자는 아직 실마리를 찾지 못한 것 같습니다.
김형섭 박사와 이한성 수석연구원의 뇌 과학 프로젝트가 어떤 것이었는지, 김형섭 박사 해임 이후 생명과학 연구소에서 뇌 과학 프로젝트를 맡았던 고려대학교 뇌 과학과 박창민 교수를 다음 시간에 모셔서 진실을 확인해 보겠습니다.
구독과 좋아요, 알람 설정까지 잊지 않으셨죠? 그러면 저희는 다음 시간에 또 뵙겠습니다."

정인세 팀장의 멘트 후 세 사람은 시청자를 향해 고개 숙여 인사했다.

# 닳아 버린 사다리꼴

'짝짝짝 짝짝짝'

3팀 〈뉴스 프로파일러 VS 이태백 기자〉 라이브 방송이 끝나고 1팀 유상진 팀장과 2팀 김여후 팀장이 박수를 쳤다.

"3팀 프로그램 괜찮은데?"

유상진 팀장이 김여후 팀장을 보면서 말했다.

"전담 기자 보강하고 망상장애를 설명해 줄 정신과 전문의를 패널로 섭외하면 짜임새 면에서도 괜찮을 것 같네…."

퉁명스럽게 김여후가 말했다.

"너무 그러지 마라."

피식 웃은 유상진이 김여후를 나무랐다.

"내가 어쨌다고…."

김여후 팀장이 장난스레 시치미를 뗐다.

"됐다."

유상진이 말을 하고 1팀으로 발을 옮겼다.

"야, 유상진! 말하다 말고 어디가. 내가 어쨌는데?"

김여후가 유상진을 따라 걸으며 말했다.

"술 고프니?"

걸음을 멈춘 유상진이 김여후에게 말했다.

"어떻게 알았어?"

키득거리며 김여후가 유상진에게 말했다.

"내일 우리 팀 채플 메타버스 라이브 방송한다."

"오혜수하고 이연진이 한다며?"

"그래서 내가 코치해 줘야지……."

"네가 코치하면 좋아져? 아서라…."

"내가 어때서?"

"너 입에 달고 사는 말 있잖아."

"그게 뭔데?"

"고인 물."

김여후의 말에 유상진의 입이 닫혔다.

"그래서였냐, 술 고프다는 거."

"그럼 정인세 놀리려고 그랬겠니?"

미간이 살짝 찌푸려진 유상진 팀장이 정인세 팀장을 보았다. 남의 일일 때는 알겠는데, 자신의 일이 되면 보이지 않게 되는 것인지……. 젊은 감각을 가졌다고 생각하고 있지만 막상 뚜껑을 열면 자신은 사고방식이 고루했다.

유상진은 1팀 구역 낮은 파티션 너머 책상에 앉아 모니터를 주시하는 오혜수와 이연진을 보았다. 저들이 정사각형이라면 자신은 닳아 버린 사다리꼴이었다. 자신이 참견하면 젊은 감각을 올드하게 바꿔 놓을 것 같았다.

"후……. 김여후 저녁 먹으러 가자."

길게 숨을 내쉬며 마음을 내려놓은 유상진이 밝은 표정으로 말했다.

"나는 30분 정도 일 더 해야 마무리될 것 같은데? 기다릴래?"

김여후가 물었다.

"그러지, 뭐."

갑자기 할 일이 없어진 유상진 팀장이 너털너털 1팀으로 걸어갔다. 걸음걸이를 보고 피식 웃은 김여후가 2팀으로 바삐 걸어갔다.

# 1팀, 채플 메타버스 촬영

클럽 아티제에서 오혜수는 커피를 시켜 놓고 이연진에게 전화를 걸었다.

"여보세요."

외곽순환고속도로를 달리는 BMW M2 차량에서 이연진이 핸들 전화 버튼을 눌러 페어링된 핸드폰을 받았다.

"연진아, 길 많이 막히니?"
"퇴근 시간이라서……."
"얼마나 걸리는데?"
"미안해, 언니. 채플 연구소까지 10분 정도 남았어. 언니는 어디야?"
"판교 클럽 아티제."
"그쪽으로 내비게이션에 주소 찍을까?"
"찍지 마. 내비게이션에 주소 찍어서는 올 수 있는 곳이 아니야."

당황한 오혜수가 큰 소리로 말하고 첨언을 붙였다.

"그러면 어떻게 가?"

이연진이 이해가 안 되어 다시 물었다.

"이곳은 채플 메타버스 속 클럽 아티제야."
"대박, 전화도 된다는 거지……."

눈이 커진 이연진이 말했다.

"기다리다가 핸드폰 개통했거든."
"알겠어, 언니. 채플 연구소로 빨리 갈게."

채플 연구소에 도착한 이연진이 여자 스태프의 도움을 받아 스판 패드를 입고 인체모형 캡슐아머 속으로 들어갔다. 이연진의 아머 옆에는 자코와 일체화된 인체모형 캡슐아머가 소파에 앉아 커피를 마시는 듯한 움직임을 하고 있었다.
 김무훈 카메라 감독과 이민상 조감독은 캡슐실에 설치해 놓은 카메라 영상을 통제실에 앉아서 화면을 바꿔 가며 보고 있었다. 아티제에서 커피를 마시고 있는 오혜수가 통제실 모니터에 나오고 있었다.

"박 과장님."

"예, 감독님."

채플 연구소 직원 박영규가 카메라 감독 김무훈을 보며 대답했다.

"메타버스 속 오혜수 아나운서의 영상 각도를 변경할 수 있습니까?"
"조그셔틀로 조정이 가능합니다."
"다른 각도를 찍고 싶은데, 어떻게 하면 됩니까?"

김무훈 카메라 감독이 물었다.

"여기 버튼을 누르면 같은 장면을 다른 각도에서 보는 영상 6개가 있습니다."

박영규 과장이 조종기 버튼을 조작하며 설명하기 시작했다.

"이렇게 영상 하나를 선택하고 조그셔틀을 좌우로 돌려 맞추고자 하는 각도로 조정하면 됩니다."

김무훈 감독이 고개를 까닥이고 버튼을 눌러서 영상 6개를 돌아가며 살펴보았다. 김무훈 감독의 얼굴에 미소가 지어졌다.

"박 과장님 모두 녹화되고 있습니까?"
"예, 되고 있습니다."

박영규 과장이 조그셔틀을 다시 만졌다.

"화면에서 조그셔틀을 빠르게 두 번 누르면 줌 인 기능으로 전환됩니다."

김무훈 카메라 감독이 고개를 까닥였다.

"조그셔틀을 2초 정도 길게 누르면 기본 세팅으로 복원되도록 프로그램이 설정되어 있습니다."

두 사람이 대화를 나누고 있을 때, 이연진이 클럽 아티제에 도착하여 오혜수를 만났다.

"커피 마실래?"
"너무 늦었는데 그래도 돼?"

오혜수의 물음에 이연진이 되물었다.

"너 루틴 깨지면 집중 못 하잖아. 커피 마시고 쇼핑 제대로 하자. 뭐 마실래?"
"뜨거운 카푸치노."
"알겠어."

오혜수가 핸드폰 어플을 이용해 카푸치노를 주문했다.

'지이잉'

얼마 지나지 않아 핸드폰으로 진동 벨처럼 카푸치노 완료 메시지 도착했다. 오혜수가 카운터에서 카푸치노를 받아 이연진에게 주었다.

"앗, 뜨거워!"

이연진이 무턱대고 받다가 커피가 넘쳤다.

"조심하지, 안 데었어?"

오혜수가 놀라 이연진보다 허둥댔다.

"나 괜찮아, 언니."
"괜찮긴 뭐가 괜찮아."

이연진의 손등이 빨개져 있었다. 오혜수가 카페 매니저에게 얼음을 얻어 왔다.

\* \* \*

"통장 개설했어?"

커피를 마시고 있는 이연진에게 오혜수가 물었다.

"급하게 언니부터 찾아오느라…."

괜스레 미안해져 이연진이 말끝을 흐렸다.

"괜찮아 연진아, 괜히 닦달한 것 같아. 내가 미안해."

두 사람은 서로를 보며 빙그레 웃었다.

"통장 개설 내가 가르쳐 줄까?"
"그래 주면 나야 고맙지."
"상태 창 띄워 봐."
"어떻게 해, 언니?"
"상태 창을 떠올리면 돼."

이연진은 신기해하며 상태 창을 보았다.

"상단에 통장 개설하기 클릭. 현실세계 통장과 연동되는 거니까 집중해서 해. 현실세계 계좌번호 입력, 가져올 금액 입력, 비밀번호 설정, 비밀번호 입력."

*이연진님 통장이 개설되었습니다.*

시스템 음성이 들렸다.

"언니, 많이 가져왔는데 남으면 어떻게 해?"

이연진이 물었다.

"남은 돈은 가상세계 안과 밖 어디서든 주고받을 수 있어."

오혜수의 말을 들은 이연진이 고개를 까닥였다.

"체크카드도 발급할 거야?"
"당연하지."

이연진이 말을 하고 바로 상태 창에서 발급을 체크했다.

'두둥-'

*이연진님 체크카드가 발급되었습니다.*

"우와."

이연진의 눈앞에 체크카드가 나타났다.
이연진이 카드를 잡았다. 오혜수가 씨익 웃었다.

"신기하지?"
"응."

이연진이 고개를 까닥여 대답했다.

"상태 창은 당사자에게만 보이는데 카드는 손이 닿는 순간부터 내가 볼 수 있었어…. 마술 같다."
"진짜?"

오혜수가 진지한 표정으로 고개를 까닥였다.

"물건 구매하면 물건 값의 10%가 체크카드에서 차감된대."
"어디에 나와 있어?"
"상태 창에서 쇼핑할 때 주의점 읽어 보면 돼. 구매 설정에서 현실과 동기화하면 구매한 물건을 택배로 받거나 현장 방문하여 찾을 수도 있으니까 설정 잘하고, 현실 동기화하면 물건 값만큼 결제된다."
"언니, 나도 핸드폰 구매하고 싶은데……."
"백화점 옆에 핸드폰 판매점 있더라. 그곳에서 구매하자."

# 채플 메타버스 론칭 준비

"이선필 비서, 채플 메타버스 론칭 준비는 어떻게 되고 있어요?"

현서진이 이선필 비서에게 물었다.

"예. 저희가 1차적으로 계획한 데이터센터 두 곳과 판교, 신사동, 송도에 각각 20층 규모의 채플 메타버스 설치 공사가 마무리되었습니다."
"관리 인원 배치는 어떻게 됐습니까?"
"각 지점마다 교육을 이수한 사원 100명을 배치했습니다."
"보급용 캡슐은 어떻게 되고 있습니까?"
"론칭 후 수요가 발생하면 공급할 수 있는 상태입니다."
"초대장은요?"
"btbc 첫 방송 이후 발송할 계획입니다."
"알겠습니다. 이제 나가도 됩니다."
"회장님."

이선필 비서가 현서진을 불렀다.


"할 말이 남았습니까?"
"과학기술정보통신부 이종우 장관이 회장님을 만나고 싶어 하십니다."
"무슨 일로 보자는 겁니까?"
"btbc 채플 메타버스 출연자 강일례씨가 이종우 장관하고 친분이 있어 저희 채플 메타버스를 듣게 된 것 같습니다."
"그래서요?"
"직접 체험하고 강일례씨 말과 일치하면 채플 메타버스를 상반기 중에 세종 정부청사와 서울 정부청사에 구축하고 싶다는 뜻을 밝혀 왔습니다."
"채플 메타버스 회의 플랫폼 베타 테스트가 끝났습니까?"
"예. 베타 테스트에서 오류는 1건도 발생하지 않았습니다."

고개를 까닥여 대답한 현서진이 물었다.


"정부 부처 회의는 비상시 대처할 수 있어야 합니다. 문제 발생 시 복구 시간이 짧아야 합니다. 준비는 이루어졌습니까?"
"예. 회의 플랫폼은 회선을 복수로 구축하여 문제 발생을 최소화했습니다."
"거리에 따른 딜레이 문제는 어떻게 극복했습니까?"
"저궤도 나노 인공위성을 이용하여 딜레이와 끊김을 최소화했습니다."

이서진의 눈에 이채가 돌았다.

"끊김 단점을 어떻게 극복한 겁니까?"

"저궤도 나노 인공위성의 수를 늘려 끊김을 막았습니다."

"알겠습니다. 이종우 장관을 만나 보겠습니다. 이선필 비서가 이종우 장관 측과 조율하여 약속을 잡아 보세요."

# 1팀, 채플 메타버스 방송

계묘년 3월 21일, btbc 유튜브 뉴스 채널에서 1팀 채플 메타버스 공개 방송을 라이브로 송출했다. 1부 자막이 떴다가 사라졌다.

"안녕하세요. 채플 메타버스에 오신 것을 환영합니다."

오혜수에 이어 카메라에 불이 켜진 이연진 아나운서, 댄스 듀오 그룹 '복제' 강일례, 두준협, 카이스트 뇌 공학과 이민한 교수, 뇌 기반 연구를 개척하여 '피인용지수 높은 뇌 공학자'에 이름을 올린 영국의 뇌 과학자 아닐세스가 차례로 인사했다.

"강일례씨는 처음 만났을 때보다 살이 많이 빠져 보입니다. 체중의 변화가 있었습니까?"

오혜수가 강일례에게 물었다.

"채플 메타버스를 촬영하는 동안 전신을 움직이게 되었습니다."
"우와…."

방청석에서 소리가 나오게 되자 방청객을 향해 있는 카메라에 3초 정도 불이 들어왔다. 그 짧은 순간에 놀람으로 입을 크게 벌리고 눈이 둥그레져 옆 사람을 보는 방청객을 포착한 김무훈 카메라 감독이 해당 장면을 방송으로 송출했다.

"방청객도 강일례씨가 전신을 움직였다는 말에 놀란 것 같습니다. 외형적으로 눈에 띄는 얼굴과 체형 변화 말고 달라진 부분이 있습니까?"

오혜수가 연거푸 강일례에게 질문했다. 강일례가 테이블과 앉아 있는 휠체어 간격을 벌리고 바짓단을 걷어 올렸다. 강일례의 탄탄한 다리 근육이 보였다. 방청객과 출연자들이 이해할 수 없어 침묵했다.

"제가 오토바이 사고로 하반신을 못 쓰게 된 지 20년이 넘었습니다. 운동을 열심히 했지만, 하체 운동이 이루어질 수 없어서 채플 메타버스 첫 촬영 당시만 해도 제 팔 굵기보다 다리가 더 가늘어진 상태였습니다."

출연자들 얼굴에 안타까운 빛이 어렸다. 김무훈 감독이 가늘었던 다리 영상과 지금의 다리를 화면으로 송출했다.

"와!"

'짝짝짝'

강일례의 기적 같은 변화에 놀란 방청객과 출연자가 박수와 환호성을 냈다. 방청객을 비추던 카메라가 출연진으로 전환되었다.

"채플 메타버스를 촬영하면서 놀라운 변화가 있었군요."

* * *

채플 메타버스 첫 방송은 유상진 팀장이 빠지면서 오혜수와 이연진의 쇼핑 위주 편집에서 강일례를 주인공으로 한 편집으로 변경되어 첫 방송을 준비했다.

강일례가 자택 문을 열고 걸어 나왔다. 엘리베이터를 타고 지하 2층 버튼을 눌렀다. 주차장에 도착한 강일례는 카니발 하이리무진 시동을 걸고 브레이크 페달에서 액셀러레이터 페달로 발을 옮겨 밟았다. 강변북로를 달린 카니발 하이리무진이 영동대교를 건너 청담동 김민건 피트니스 센터 주차장에 도착했다.

"어서 오세요."

강일례는 김민건 헬스트레이너의 환영을 받으며 피트니스 센터에 들어섰다. 김민건과 상담을 통해 하체 근력 강화 프로그램을 집중적으로 트레이닝 받기로 했다. 탈의실에서 운동복을 갈아입은 강일례의 전신이 비추어졌다.

"아…."

방청객과 출연진이 강일례의 근육이 소실된 다리를 보고 애처롭다는 듯 소리를 냈다. 반바지를 입은 강일례는 서 있는 모습이 낯설 정도로 다리 근육이 빠져 피골이 상접된 상태였다.

\* \* \*

"나하고 편집한 게 아닌데…."
"몰랐니?"

김여후가 유상진 팀장에게 물었다.

"첫 방송은 오혜수와 이연진의 세련된 도시적 느낌을 살려……"
"내가 잘했네."

김여후가 유상진의 말을 끊으며 말했다.

"뭘?"
"그냥 두었으면 이름이 지워지다시피 한 그룹 복제 강일례, 두준협은 첫 방송에서 볼 수 없었을 것 아니야?"

"내가 그런 사람이야?"

"품."

김여후 팀장이 웃음을 뿜었다.

"내가 너를 모르니? 25년을 봐 왔는데? 핫하게 떠오른 btbc 아나운서 오혜수와 이연진을 내세워 프로그램을 띄우고 싶었겠지……."

"당연한 것 아니야?"

"너는 눈앞의 것은… 정말 못 보더라!"

김여후가 유상진에게 뼈 때리는 말을 했다.

"내가 뭘?"

"자존심 상하게 내 입으로 말해야만 되겠니?"

김여후가 유상진을 사납게 쏘아봤다. 유상진은 얼어붙어 김여후만 보고 입술만 달싹거렸다.

"내가 말을 말아야지, 이런 답답이를…."

김여후의 말을 들은 유상진이 뭐라고 구시렁거렸다.

"뭐? 뭐라고?"

김여후가 유상진에게 성질을 부렸다.

"너한테만 순둥이지 다른 사람들한테는 아니라고……."

김여후의 눈치를 보며 유상진이 기어들어 가는 소리로 말했다.

* * *

운동이 끝난 강일례는 카니발을 운전해 두준협 댄스 학원에 왔다. 강일례를 본 두준협은 눈이 휘둥그레졌다. 강일례가 손을 들어 올렸다. 두준협이 강일례와 하이 파이브를 하고 뒤를 돌며 점프하여 강일례와 등을 부딪쳤다.

"이거 실화냐?"

두준협이 못 믿겠다는 듯 말했다.

"개조된 차량이 아닌 카니발을 운전하고 온 걸 알면 까무러치겠네."
"레알, 그게 돼?"

두준협이 강일례의 말을 듣고 믿기지 않는다는 듯 말했다.

"여기 오기 전에 김민건 피트니스 센터에서 운동하고 왔다."
"독한 놈, 20년 넘게 제대로 운동 못했는데 안 힘들었냐?"
"힘들었지. 죽을 만큼……."
"그런데 얼굴은 아닌데……!"

강일례의 웃음 띤 얼굴을 보며 두준협이 갸우뚱거렸다.

"살아 있다는 느낌을 20년 만에 다시 느꼈어……."

덤덤히 말을 한 강일례를 보던 두준협이 희열에 찬 웃음을 짓고는 언제 그랬냐는 듯 눈이 빨갛게 물들며 그렁그렁 눈물이 맺혔다.

"새끼…."

할 말을 찾지 못한 강일례가 두준협을 안아 주었다.

"미안해……."

강일례가 가슴을 들썩이며 같이 울음을 터트렸다. 왜 모르겠는가. 두준협의 마음을. 자신 때문에 슬퍼할 수도 웃을 수도 없게 되어 일상생활에서 감정을 지워 냈다는 것을….
눈물을 닦아 낸 강일례가 언제 울었냐는 듯 두준협을 보며 화사하게 웃었다.

"연습하자."

강일례, 두준협이 '꿍따리 따바라'를 연습했다.

'띠리리 띠리리 띠리리…'

모니터로 방문자를 확인한 두준협이 문 열림을 터치(touch)했다. 문이 열리면서 댄스 학원을 찾은 오혜수와 이연진의 모습이 잠깐 비춰지고 스튜디오 카메라에 불이 들어왔다.

"채플 메타버스 1부는 여기까지입니다. 채플 메타버스 2부 방송은 오늘 저녁 9시에 방송합니다."

# 채플 메타버스 1부 언론 및 시청자 반응

채플 메타버스 방송 1부가 나가고, 문의가 btbc 보도국으로 쇄도했다. 채플 메타버스 관련 전화가 폭주하면서 뉴스 제보 전화도 마비에 이르게 되었다. 걸려 오는 전화로 업무가 마비되었다. 서기철 국장은 팀장들을 불러 비상전화만 빼고 나머지 전화는 수신되지 않도록 전화 수화기를 내려놓도록 지시했다.

시간이 흐르고 차츰 보도국 내 소란스러움이 안정되어 갔다. 서기철 국장은 포털과 유튜브를 살펴보았다. 네이버 실시간 검색어 순위 1위부터 4위까지 'btbc 채플 메타버스', '강일례 오토바이 사고', '하반신 불구', '채플 메타버스 론칭 3월 29일'이 차지하고 있었다.

주요 포털 기사 검색 순위에는 "댄싱 듀오 그룹 '복제'의 강일례, 오토바이 사고 애환 털어 냈다", "강일례 두준협에게 고백, 살아 있다는 느낌 20년 만에 느꼈다", "채플 메타버스 외계인이 만들었나! 강일례 가상공간에서 정상인 되었다", "3월 29일 채플 메타버스 론칭 행사 판교 백현동 채플 타워에서 개최한다", "하반신 불구 강일례 러닝 머신에서 뛰었다" 등이 올라와 수십만 건의 조회수와 수만 건의 댓글이 삽시간에 달려 있었다.

유튜브에서는 '강일례 20년 전 오토바이 사고 조작설'이라며 썸네일로 어그로를 끌며 방송하는 크리에이터를 시작으로 채플 메타버스는 센세이션을 일으키고 있었다. 그것을 증명이라도 하듯 btbc 실시간 뉴스 유튜브 구독자 수는 채플 메타버스 1부 방송이 끝나고 30분 만에 25만을 넘어서 있었다.

서기철 국장은 유상진 팀장의 위치를 확인하고 채플 메타버스를 녹화하고 있는 현장 예능국 스튜디오를 향했다.

시간이 지나갈수록 인터넷과 유튜브에서 채플 메타버스에 관한 기사와 그것을 바탕으로 한 콘텐츠 방송이 엄청난 조회수를 차지하고 있었다. 몇 달 전 보도국 팀 배틀에서 오혜수의 말을 믿지 않았던 기자들이 뒤늦게 보도국 1팀을 찾아 몰려들었다.

*　*　*

3팀 서지연 아나운서가 방송 준비로 보도국을 분주히 움직이고 있었다. 기자들이 서지연 아나운서에게 몰려갔다.

"안녕하세요, 이태백 기자입니다."
"예, 안녕하세요. 기자님들이 무슨 일로…."

우르르 한 번에 몰려드는 기자들의 기세에 서지연 아나운서의 눈동자가 심하게 흔들렸다.

"1팀은 어디에 있습니까?"
"모두들 예능국 스튜디오 채플 메타버스 녹화장에 갔습니다."

기자들이 보도국을 찾아온 이유를 알게 된 서지연 아나운서가 신색을 회복했다. 이태백 기자가 고개를 까닥이고 예능국 스튜디오로 움직이자 함께 몰려왔던 기자들이 썰물처럼 빠져나갔다.

채플 메타버스 촬영장은 1부 방송을 보고 몰려든 btbc 직원들로 장벽이 만들어져 뒤늦게 스튜디오로 몰려온 기자들은 출연자들 가까이 접근할 수 없었다. 답답해진 기자들이 카메라를 높이 들고 스튜디오를 찍었지만 소득이 없었다. 의도하지 않았으나 1팀의 채플 메타버스 녹화 내용은 2부 방송을 봐야만 알 수 있어, btbc 실시간 방송의 구독자가 폭발적으로 늘어나고 있었다.

오혜수와 이연진은 녹화를 마치고 바로 점심을 먹었다. 두 사람은 카메라 감독 김무훈과 조감독 이민상의 도움을 받으며 채플 메타버스 2부 방송분을 편집하기 시작했다. 편집 중간 두 사람은 뉴스 보도로 각기 자리를 비워야 했다.

"벌써 6시네…."
"김 감독님, 이 감독님, 퇴근하셔야죠?"

김무훈 감독이 이민상 조감독을 보았다.

"조감독은 먼저 들어가지……."
"감독님은요?"

이민상 조감독이 물었다.

"오늘 같은 날 방송 송출 전에 집에 어떻게 들어가?"
"저도 그렇습니다."

김무훈 감독과 이민상 조감독이 오혜수를 보았다. 오혜수가 고개를 까닥이고 이연진을 보았다. 이연진이 고개를 까닥이고 김무훈 감독과 이민상 조감독을 보며 말했다.

"저희는 햄버거로 저녁을 때우면서 편집을 마무리해야만 될 것 같습니다. 같이 드시겠어요?"
"예. 우리 두 사람도 햄버거로 시켜 주세요."

김무훈 카메라 감독이 이연진을 보며 말했다. 이연진이 웃으면서 배달 어플을 켰다.

"제가 8시 뉴스룸 준비 시간이 필요해 햄버거를 먹자고 했습니다."

오혜수가 김무훈 감독과 이민상 조감독을 보며 양해를 구했다.

"너무 그렇게 격식 차리지 않아도 됩니다. 오혜수 아나운서 스케줄은 우리도 꿰고 있어요."

김무훈 감독이 웃으면서 말했다. 이민상 조감독도 미소를 짓고 고개를 까닥였다. 빙그레 웃은 오혜수가 고개를 숙여 고마움을 표시했다.

* * *

서기철 국장이 유상진 팀장과 국장실에서 함께 커피를 마시고 있었다.

"국장님 퇴근해야지요?"
"유상진 팀장은 퇴근 안 해?"
"저는 긴장이 되어……."
"녹화 잘했으니까 그만 긴장 풀어."
"알지요. 그런데 그게 잘 안되네요."

서기철 국장이 이해한다는 듯 고개를 까닥였다.

"유상진 팀장, 유튜브 구독자 봤어?"

서기철 국장이 물었다.

"예, 너무 가파르게 오르니 무섭기까지 합니다."
"내 말이."

서기철 국장이 유튜브 어플을 클릭했다.

"501,004명이 되었네."

눈에 힘을 줘 가며 숫자를 확인한 서기철 국장이 말했다.

"9시간이 채 안 되어 35만 명 이상 구독자가 는 것 같습니다."
"내 말이. 채플 메타버스 1부 클릭 수 봐. 400만 건이 넘었어. 오늘 뉴스는 텔레비전, 인터넷까지 1팀, 채플 메타버스 유튜브 방송이 트래픽(traffic)을 다 먹어 버렸어."

유상진이 고개를 까닥였다.

"너무 관심이 집중되니 일이 안 잡히네……."
"저도 그렇습니다."
"오혜수 아나운서와 이연진 아나운서는 어떻게 하고 있지?"
"오혜수 아나운서는 곧 8시 뉴스룸을 시작합니다. 이연진 아나운서는 방송실에 편집본 넘기고 퇴근했습니다."
"이연진 아나운서도 평소보다 퇴근이 늦었네."
"그래서 국장님께 부탁이 있습니다."

서기철 국장이 유상진 팀장을 보며 자세를 바로 해 앉았다.

"부탁?"
"예, 뉴스와 방송 출연, 유튜브 라이브 방송, 채플 메타버스 촬영, 유튜브 방송 편집까지 오혜수 아나운서와 이연진 아나운서가 도맡아 하는 것은 체력적으로 문제가 될 것 같습니다."

서기철 국장이 턱을 만지며 생각했다.

"어떻게 하면 좋겠는데?"
"유튜브 편집만 영상 편집 감독에게 맡겨도 두 사람의 부담이 많이 줄어들 것 같습니다."
"생각해 둔 감독은 있고?"
"예능국 박정모 국장에게 말해 봐야지요?"
"박정모 국장이라면 거래를 해 올 텐데……."
"거래요?"

미간을 찌푸린 유상진 팀장이 되물었다.

"유상진 팀장은 박정모 국장을 자주 안 봐서 모르겠지만 그 사람 욕심이 많은 사람이야!"
"예를 들면요?"
"아이템을 빼 가고 싶어 하겠지…."
"그런 거라면 문제가 안 될 것 같은데요."

서기철 국장이 어째서 그러냐는 듯 유상진 팀장을 쳐다보았다.

"저도 자세한 것은 모르지만 채플 메타버스는 오혜수 아나운서가 아니면 현진그룹 쪽에서 촬영 지원을 하지 않을 겁니다."
"협업 관계라고 하지 않았었나?"
"그렇게 말했었지요."

유상진 팀장이 웃었다.

"btbc와 현진그룹의 협업 조건이 단순한 게 아니었나 보군."
"예. 그래서 박정모 국장이 할 수 있는 것은 채플 메타버스를 btbc 본 채널 예능 편성을 요구하는 선에서 거래가 정리될 수도 있습니다."

유상진 말을 들은 서기철 국장의 고민이 깊어졌다.

"본 채널과 유튜브에서 동시에 하면 실시간 뉴스 채널 구독자가 늘지 않게 될 것 같은데……."

서기철 국장이 우려 섞인 표정으로 말했다.

"라이브 방송을 종종 하면 본방과 차별화될 것 같습니다."

서기철 국장의 얼굴빛이 밝아졌다.

"알겠네. 박정모 국장을 만나서 얘기해 보지."

# btbc 채플 메타버스 2부 방송

3월 21일 오후 9시, btbc는 유튜브로 채플 메타버스 2부 방송을 시작했다. 유튜브 과학 채널과 이슈에 편승한 각종 유튜브 채널이 btbc 채플 메타버스 방송 화면에 자신들의 목소리를 얹어 방송했다.

\* \* \*

8시 뉴스룸을 마치고 오혜수는 유상진 팀장, 배동준 차장, 김무훈 카메라 감독, 이민상 카메라 조감독과 채플 메타버스 유튜브 방송을 보도국에 모여 함께 시청했다. 방송 전부터 채널에 접속하기 시작한 시청자가 35만 명을 넘어서고 있었다.

"동시 접속자 수가 너무 많은데 다운되는 건 아니겠지……."

유상진 팀장은 걱정 어린 마음에 입술이 바짝바짝 말라 갔다.

"팀장님 물 좀 드세요."

오혜수가 유상진 팀장에게 생수병을 주었다.

"하하하."

유상진은 멋쩍어 헛웃음을 터트렸다.

\* \* \*

판교 클럽 아티제를 나온 오혜수와 이연진이 핸드폰 판매점에 들어가 이연진의 핸드폰을 개통했다.

"여보세요."
"엄마, 나야. 연진이"
"알지. 우리 딸 전화인 거."
"엄마는 꼭 '여보세요.' 하고 전화 받더라."
"버릇이라 그래. 오늘 메타버스 촬영 간다고 안 했어?"
"그랬지, 지금 채플 메타버스 촬영 중이야."
"그러면 일하지, 바쁜데 전화는 왜 했어?"

btbc 유튜브 방송 화면 상단 우측에 자코와 일체화된 인체모형 캡슐아머가 전화 통화를 하고 있는 이연진과 일치한 움직임을 보이고 있었다.

"전화 개통해서 엄마한테 전화했지?"
"전화 망가졌어?"
"그게 아니라 설명하면 길어져……. 엄마 나중에 얘기해 줄게. 끊어요."
"조심해서 일하고…."
"알겠어, 엄마."

전화를 끊은 이연진이 믿기지 않는다는 듯 말했다.

"언니, 우리 엄마 목소리도 똑같은데…."
"당연하지. 아까 나랑도 통화했었잖아."
"막상 전화를 걸어 보니 그때와 느낌이 달라."
"뭐가?"
"언니, 나 김정권 감독의 영화 시공간을 초월해 무전기로 교신하는 〈동감〉이 생각났어. 영화와는 다르지만, 그것처럼 현실 세계 우리 엄마와…이게 되네."

전화를 들어 보이며 이연진이 말했다.

"너는 나보다 낫다. 나는 처음 채플 메타버스 왔을 때 몰래카메라로 의심했었는데……."

이연진이 고개를 까닥여 이해의 뜻을 나타내고 말했다.

"어디가 현실세계인지 잊게 되면 진짜 곤란해지겠지……."
"그렇게 되면 진짜 웃기겠다."
"하하하 하하하."

오혜수와 이연진이 서로를 보며 깔깔거리며 웃었다. 횡단보도 신호등이 녹색불로 바뀌었다. 횡단보도를 건넌 두 사람은 현대백화점 안으로 들어갔다.

"대박! 언니 이거 사면 채플 메타버스 안에서 10% 가격으로 내 거 되는 거야?"

명품관을 둘러보며 이연진이 말했다.

"아바타 꾸미기에 너무 큰돈 쓰게 되는 거 아닐까?"
"우리는 명품 가방을 사도 가지고 다닐 일이 별로 없잖아. 아바타를 보며 대리 만족할 수 있고, 채플 메타버스에 오면 직접 느낄 수도 있고… 이게 어쩌면 가심비가 좋을 것 같은데."
"그런가?"

오혜수가 고개를 갸우뚱했다. 이연진과 자신은 비슷하면서도 참 많이 다르다는 생각이 들었다. 오혜수가 스포츠 브랜드에서 챙이 넓은 모자를 골랐다.

"언니, 누구 거야? 남친?"

눈을 반짝이며 이연진이 물었다.

"아니, 우리 아버지. 요즘 시골 자주 가셔서 봄볕에 덜 탔으면 해서……."

이연진이 실망스러운 눈빛으로 오혜수를 보았다.

"남자 친구 거는 안 사?"
"얘 봐, 너 나 찔러보는 거지?"
"남자 친구 있는지 궁금해서. 언니 주변 남자들한테 관심 전혀 없어 보여서."
"그게 어때서?"
"언니 엄마가 전화해서 물어보던데."
"뭘?"
"언니 남자 있냐고 물었어. 'H 삐' 하고 요즘 'S 삐' 주선 들어왔는데, 언니가 다 거절했다면서?"
"우리 엄마도 참. 나 때문에 너까지 고생한다, 미안해."
"언니 사과는 됐고, 나 배고파."
"알았다. 밥 먹으러 가자."

오혜수와 이연진은 지하 1층 식당 구역으로 에스컬레이터를 타고 내려왔다. 일본식 라멘 집에서 사케동과 야키토리동을 주문해 앞접시로 덜어

가며 나눠 먹었다.

"대박이다, 언니. 어떻게 이렇게 맛까지 똑같을 수 있지?"

2부 채플 메타버스는 쇼핑과 오혜수와 이연진의 사적인 대화도 상당 부분 전파를 탔다. 오혜수와 이연진이 캡슐아머에서 나오는 모습도 카메라 각을 잘 잡아 민망하지 않게 잘 편집되어 있었다.

'딩동, 딩동'

오혜수가 채플 메타버스에서 구매한 상품이 택배로 배송되어 집에서 받는 장면에서 스튜디오로 화면이 넘어왔다.

"이민한 교수님, 채플 메타버스는 인체모형 캡슐아머 사용자의 생체 신호가 슈퍼컴퓨터와 동기화되어 가상현실을 경험할 수 있게 합니다. 의식만으로 움직이는 시스템과 신체를 함께 움직이는 채플 메타버스는 어떤 차이가 있을까요?"
"지금까지 저는 출혈 위험과 면역 물질로 전극이 봉인되는 단점을 가진 침습형 전극보다 플렉서블을 이용한 뇌 표면 생체 신호 인식 기술이 뇌-컴퓨터 인터페이스 방법으로 최상이 될 것이라고 생각했습니다. 그리고 임상실험만 할 수 있다면 비약적인 발전이 있을 것이라고 믿었습니다.
그런데 뇌전도 생체 신호만으로 제가 연구하고 싶었던 모든 것을 구현해 낸 경이로운 미래 기술을 채플 메타버스를 통해 만났습니다.

제가 연구하는 의식 기반 BCI 기술은 동작 중에 잡념이 끼어들면 움직임이 멈추거나 다른 동작이 나타납니다. 반면에 채플 메타버스는 신체와 의식이 캡슐아머와 동기화되어 행동으로 나타나기 때문에 잡념에 따른 오류가 발생하지 않는 것 같습니다."

오혜수가 영국의 뇌 과학자 아닐세스를 보았다.

"아닐세스, 행동이 동반되지 않는 의식 시스템에서는 잡념이 있을 때 오류가 있다고 이민한 교수가 말했습니다. 잡념은 왜 오는 것입니까?"
"신경과학자들과 정신의학자들은 몸이 움직이기까지 사회적 자아, 의지적 주체가 되는 자아, 세계주의 주체가 되는 자아가 각기 경험을 바탕으로 예측하고 의심하며 통합을 이루고 그것이 행동적 사고를 한다고 생각합니다. 자신 안에 각기 다른 자아의 생각이 통합되는 과정을 저는 잡념이라고 생각합니다."
"자신 안에 서로 다른 자아의 통합 과정이 없다면 어떻게 되는 것입니까?"
"주도권을 쥔 자아 쪽이 몸의 주인이 됩니다."
"주도권이 바뀌게 되면 다른 인격이 발현되는 다중인격자가 되는 것이네요?"
"예."
"이민한 교수님, 뇌 생체 신호를 감지하는 전극의 위치로 자아를 선택할 수 있습니까?"

오혜수의 질문을 받은 이민한 교수가 아닐세스를 보며 말했다.

"임상 테스트를 하지 못해 장담은 못 하지만 가능성은 있습니다."
"그렇다면 각기 다른 자아의식이 통합된 지점에 칩을 심을 수도 있지 않을까요?"
"지금까지는 뇌 생체 신호를 정확하게 읽어 내는 것에 집중하다 보니 그 부분까지 생각이 닿을 수 없었습니다."
"그렇군요."

오혜수는 학계와 과학계가 채플 메타버스 수준에 못 미쳐, 시청자의 질문에 답이 충분치 못해 아쉬웠다.

"채플 메타버스를 제가 경험한 바로는 의식이 깨어 있는 상태에서 뇌전도 생체 신호를 통해 슈퍼컴퓨터와 동기화되었습니다. 다른 생각을 해도 채플 메타버스 시스템은 오류가 발생하거나 다른 자아가 발현되는 일은 없었습니다."

말을 한 오혜수가 영국의 뇌 과학자 아닐세스를 보았다.

"아닐세스, 채플 메타버스의 수준은 어느 정도나 되는 것입니까?"
"지구상에 알려진 뇌 공학 수준을 한참이나 앞선 미래 기술이 접목되었습니다."
"예, 알겠습니다. 아닐세스, 대답 잘 들었습니다. 이민한 교수님, 임상실험을 하면 채플 메타버스 같은 현실보다 더 현실 같은 가상현실을 구현해 낼 수 있습니까?"

"글쎄요. 채플 메타버스 수준은 임상실험이 가능해도 쉽게 따라 할 수 없을 것 같습니다. 방송을 통해 알게 된 것만 해도, 통신 금융 쇼핑을 가상세계와 현실세계에 연동시켜 놓았습니다. 가상현실과 현실세계의 경계가 없어진 채플 메타버스는 가상현실이 현실세계로 편입될 수도 있는 수준에 와 있습니다.

선구자인 줄 알았는데, 채플 메타버스의 등장으로 한순간에 뒤쫓아 가는 상황이 된 저로서는 어떻게 채플 메타버스를 구현했는지 개발자에게 물어보고 싶습니다."

이민한 교수가 씁쓸한 표정을 하고 대답을 마쳤다.

# 채플 메타버스 2부 반응

채플 메타버스 2부 방송이 끝나고 네이버 실시간 검색어에 '채플 메타버스', '아닐세스', '다중인격', '좌뇌 우뇌의 의식 교류 통로 뇌들보', '아인슈타인의 뇌들보', '신경과학자', '정신의학자', '자아 분리'까지 1위부터 10까지 줄 세우기 되었다.

채플 메타버스 btbc 유튜브 방송 관련 기사로는 "카이스트 이민한 교수 임상실험으로 채플 메타버스 구현 쉽지 않다", "외계인이 만든 채플 메타버스", "피인용지수 높은 연구자 아닐세스가 말하는 각기 다른 자아", "뇌전도 생체 신호 축출법", "채플 메타버스 론칭 행사 3월 29일 백현동 채플 타워에서 개최", "빌리 밀리건 24명의 인격" 등 채플 메타버스 방송 내용과 연관된 기사가 인기를 끌며 상위에 랭크되어 있었다.

## 이종우 장관과의 만남

채플 연구소에 채플 메타버스를 체험한 과학기술정보통신부 이종우 장관은 6월 전에 세종 정부청사와 서울 정부청사에 인체모형 캡슐아머를 각각 10기씩 설치하기로 현진그룹과 MOU를 체결했다.

\* \* \*

"장관님 이것이 무엇입니까?"
"대통령께서 주최하는 과학기술 영리더와 오찬 간담회 초대장입니다."

\* \* \*

28일 서울 용산 대통령실 누리홀에서 열리는 '과학기술 영리더와의 대통령 오찬 모임'은 대통령 UAE-스위스 순방 후속 조치 차원에서 마련된 행사였다.

참석자로 초대된 사람은 양자 분야 손함익 카이스트 교수, 뇌 공학 분야 이민한 카이스트 교수, AI 분야 전우곤 서울대 교수, 양자 분야 김한오 연세대 교수, 첨단 바이오 분야 윤관영 서울대 교수, 우주 분야 정상효 카이스트 교수, 가상현실 분야 현진그룹 현서진 회장이었다.

# 윤주명 대통령과 만나다

UAE-스위스 순방을 마치고 돌아오는 전용기 안에서 채플 메타버스의 경제적 가치를 분석한 자료를 받아 본 윤주명 대통령은 오찬 행사 담당 비서관에게 특별 지시하여 현서진 회장의 좌석 배치를 신경 쓸 것을 지시했다.

윤주명 대통령은 오찬 모임 전에 막역한 과학기술정보통신부 이종우 장관과 집무실 소파에 앉아 헛개차를 마셨다.

"순방은 잘 다녀오셨습니까?"
"예. 이종우 장관을 보자고 한 것은, 채플 메타버스 비전을 확인하기 위해서였습니다. 정말 경제적 가치가 무궁무진하던가요?"
"예. 채플 메타버스는 과학기술 면에서 몇 단계 이상 앞서 있습니다. 채플 메타버스 론칭 행사가 끝나면 엄청난 확산세로 성장할 것 같습니다.
제가 체험하면서 느낀 것은 현실세계의 대부분의 직업 기술을 가르칠 수 있고 메타버스 안에서 창업도 가능합니다. 채플 메타버스 기술은 쇼핑,

통신, 은행이 현실세계와 연동되고 있어 의료, 교육, 경제적 파급효과도 기대해 볼 수 있습니다."

"알겠습니다."

* * *

윤주명 대통령이 이종우 장관을 대동하여 누리홀로 향했다.

현서진은 오찬에 초대된 7인 가운데 가장 앞자리로 안내받았다. 자리에 앉은 윤주명 대통령은 UAE-스위스 순방에서 과학 분야의 성과를 말했다.

"대한민국 과학계를 이끄는 여러분들과 허심탄회하게 얘기를 나누고 싶은데 괜찮겠습니까?"

윤주명 대통령의 말에 참석자들이 동의했다. 윤주명 대통령이 신호를 주자 요리가 테이블 위에 차례대로 올려졌다.

"자, 드십시오."

어느 정도 배가 채워진 참석자들에게 윤주명 대통령이 분야별 경쟁력을 확보하기 위한 정부의 지원 방안을 물어보았다. 참석자들은 인력의 중요성을 말했다.

이를 위해 우수 인력들이 모일 수 있는 해외 우수 연구기관을 유치하고,

수요가 없는 연구 분야 석·박사급 우수 인력들이 연구를 지속할 수 있는 새로운 연구기관을 설립해 달라는 의견을 제시했다.

"과학기술은 안보, 경제 등 모든 분야의 출발점입니다. 우리가 가장 잘할 수 있는 분야를 선택해 집중 지원하겠습니다."
"이종우 장관님 국가 연구개발(R&D) 자금이 제대로 집행돼 구체적 성과가 나올 수 있도록 개선해 주세요."

윤주명 대통령이 말했다.

"현서진 회장님."
"예, 대통령님."
"내일 채플 메타버스 론칭 소식이 있던데, 제가 참석해도 되겠습니까?"
"예. 대통령님이 참석해 주시면 저희 채플 메타버스 론칭 행사가 더욱 뜻깊어질 것 같습니다."

현서진이 예의를 갖춰 대답했다.

인삼대추차를 후식으로 마신 오찬 모임은 윤주명 대통령이 사람 좋은 웃음과 함께 악수하며 계속 소통하겠다는 인사로 마무리했다.

# 채플 메타버스 론칭

계묘년 3월 29일 수요일 오후, 백현동 채플 타워에서 채플 메타버스 론칭 행사가 열렸다. 행사 안내를 위해 정장 차림에 코트를 입은 채플 메타버스 직원 250명이 진입로부터 내빈을 맞이했다. 채플 타워 로비에는 채플 연구소에서 행사를 위해 옮겨 온 구형 오토 장치와 초기 캡슐이 전시되어 있었다.

현진그룹에서 채플 메타버스 론칭에 초대한 사람은 300명이었으나 행사 소식이 알려지면서 구름 떼같이 사람들이 몰려들어 분당구 공무원과 경찰이 질서 유지와 교통 통제를 했다.

이번 론칭 행사는 윤주명 대통령이 내빈으로 참석해 삼엄한 경호가 이루어지고 있었다. 초대장을 소지 못 한 사람들은 행사장 안내를 맡은 직원들이 btbc 실시간 뉴스 유튜브 라이브 또는 회사에서 설치한 대형 전광판을 통해서 행사장 내 진행 상황을 보도록 유도했다.

사회는 오혜수 아나운서가 맡아 마이크를 잡았다. 연회장에 조명 일부가 꺼지고 대형 스크린에 빔이 쏘아지면서 론칭 행사의 오프닝이 시작되었다.

오프닝 영상에서 채플 메타버스는 신경연결, 건강진단, 재활치료, 헬스, 교육을 기치로 내세우고 있었다. 영상이 끝나고 오혜수 아나운서의 멘트가 스피커를 통해 흘러나왔다.

"채플 메타버스 개발자가 직접 여러분 앞에 자신을 소개하겠습니다."

조명을 받으며 현서진 회장이 단상 위로 걸어 나왔다. 현서진은 진행 요원이 주는 마이크를 들었다.

"안녕하십니까? 채플 메타버스 개발자 현서진입니다."

대외적 활동이 드물어 알려지지 않은 현서진에게 쉴 새 없이 카메라 플래시가 터졌다. 플래시 소리에 진행이 어려워지게 되자 오혜수 아나운서가 별도로 사진 촬영 시간을 주겠다는 안내 방송을 했다.

"채플 메타버스는 블랙체인 암호화 기술 도입으로 해킹으로부터 매우 안전한 시스템입니다. 제가 이 시스템을 개발하게 된 이유는 고등학교 2학년 때 교통사고로 꽤 오랫동안 잠들어 있었습니다. 4년이 흐른 어느 날 저는 뇌-컴퓨터 인터페이스를 통해 생명 유지 장치를 하고 모션 기능이 있는 캡슐 속에 잠들어 있는 저를 보게 되었습니다.
캡슐 속에서 잠을 자면서 두 아이를 둔 가장의 안타까운 죽음을 경험했고, 타임 슬립을 한 영혼이 어린아이의 몸에 전이되어 육체와 영혼의 크기를 성장시켜 강력한 적들과 맞서는 인물이 되어 보기도 했습니다. 지금 이렇게 깨어나 여러분을 볼 수 있게 되어 꿈속 이야기가 되었지만 분명 저에게는 살아 내기 위한 발악의 시간이었습니다.

보통 신체가 건강한 사람은 몸을 뒤척이고 몸을 뒤집는 것이 매우 쉽습니다. 그래서 신체적 장애를 가지고 있는 사람은 우리가 하는 일상적 모든 것들이 초인의 모습으로 보일 수 있습니다.

채플 메타버스 캡슐아머는 팔다리가 없어도 정상적인 사고력을 가지고 있다면 없어진 신체 부분을 생성할 수 있습니다. 캡슐아머는 뇌-생체 신호와 경추부 중추신경의 생체 신호를 읽어 행동이 없는 생각은 거르고 행동이 따르는 의지는 엑추에이터로 캡슐아머를 움직이게 합니다. 사지마비나 하반신마비 장애인도 뇌-생체 신호를 액티브 플렉서블 스판 패드를 통해 말초신경으로 전달하게 되면 비장애인과 똑같이 인체모형 캡슐아머를 움직일 수 있습니다."

현서진은 채플 메타버스 시그니처 스토리를 정성을 쏟으며 만들어 갔다.

"다음은 질의응답 시간입니다. 질문 있으신 분은 손을 들어 주세요."

오혜수 아나운서가 말했다.

"btbc 이태백 기자입니다. 채플 메타버스는 100% 예약제로 운영합니까?"

현서진이 마이크를 들었다.

"예. 예약 포화를 예상하여 채플 메타버스는 투자를 조속히 받아 대형도시에 최소 1개소 이상 지점을 늘려 갈 계획을 가지고 있습니다."

"MBC 오은영 기자입니다. 캡슐아머를 판매합니까?"

"판매 버전을 세 가지로 출시할 준비를 마쳐 놓았습니다. 자세한 내용은 채플 메타버스 홈페이지에서 확인할 수 있습니다."

"과학 전문 기자 고은경입니다. 캡슐아머를 만들면서 가장 어려웠던 것은 어떤 것입니까?"

"가장 어려웠던 것은 아니지만 상용화를 위해 교류(AC)에서 직류(DC)로 변환되지 않은 찌꺼기 50~60헤르츠 교류전원 잡음을 걸러 내는 필터를 최근 개발 완료했습니다."

"btbc 이태백 기자입니다. 침습형이나 뇌 표면에서 생체 신호를 읽어 내는 방법에 비하여 뇌전도는 생체 신호 인식이 어려울 것 같습니다. 어떻게 극복했습니까?"

"첫째, 태양광 전기로 잡음을 없앴습니다. 둘째, 신호를 주고받을 수 있는 비트가 중요합니다. 서로의 언어를 알아야 대화가 됩니다. 셋째, 신호를 놓치는 부분도 있습니다. 그럼에도 채플 메타버스는 오류가 없습니다.

직삼각형에서 한 변의 길이와 한 예각의 크기를 알면 삼각비를 이용하여 나머지 두 변의 길이를 구할 수 있는 학습형 동기화 프로그램으로 점진적으로 부족한 부분을 채워 동기화율이 높아지도록 코딩했습니다."

"MBC 강민형 기자입니다. 채플 메타버스 말고 다른 버전 출시도 구상한 것이 있습니까?"

"예. 11월에 가상현실과 증강현실을 혼합한 버전인 초현실을 출시할 계획입니다."

기자들이 다음 질문을 하려고 할 때 현서진이 손을 들어 올렸다.

"저희 현진그룹에서 구현하는 채플 메타버스와 초현실은 동기화 상태에서 현실세계의 통신, 금융, 쇼핑과 연동됩니다."
"SBS 정민수 기자입니다. 캡슐아머 세 가지 버전의 설명 부탁드립니다."
"첫 번째 버전은 btbc 채플 메타버스 프로그램에서 선보인 인체모형 캡슐아머입니다. 프리미엄 버전에 해당합니다.
두 번째 버전은 모션 기능이 있는 보급형 캡슐아머입니다. 오감을 느낄 수 있으나 뇌 의식만으로 채플 메타버스를 경험하는 버전입니다. 강일례 씨와 같은 재활 헬스 효과는 없습니다. 4D 영화관 의자보다는 향상되었습니다.
세 번째 버전은 헬멧형 아머입니다. 뇌-신경을 자극하여 오감을 느낄 수 있으나 체감도 면에서는 보급형 캡슐아머보다 많이 떨어집니다."

\* \* \*

채플 메타버스 행사는 실시간으로 기사화되었다. 네이버 실시간 검색어 1~10위까지 채플 메타버스 관련 검색어인 '현서진', '뇌-컴퓨터 인터페이스', '프리미엄 캡슐아머', '보급형 캡슐아머', '헬멧형 아머', '윤주명 대통령', '초현실', '현진그룹', '채플타워'가 줄 세우기 되어 고정되었다.

그와 동시에 행사장에 참석한 기자들은 장애인 재활에 고무되어 "신체 일부가 절단된 사람도 채플 메타버스에서 기술 전수 가능", "채플 메타버스 사지마비 환자에게 희망 제시", "신체 일부가 절단된 사람도 채플 메타버스에서 신체 생성", "채플 메타버스 시스템, 사지마비 환자도 걸을 수 있다" 등의 제목을 뽑고 긍정적으로 기사를 썼다. 덕분에 현진그룹은 사회적 기업 이미지를 입으면서 채플 메타버스 포털 관련 기사에 선플이 메인을 차지했다.

행사가 끝나고 기념사진 촬영이 이어졌다. 사진 촬영 중 기자의 돌발 질문에 윤주명 대통령은 대한민국의 미래가 밝다는 메시지를 보냈다.

\* \* \*

"오빠, 오늘 채플 메타버스 관련 검색어가 1~10위까지 싹 쓸었어요."
"btbc 채플 메타버스 방송으로 도움을 많이 받았습니다."
"그건 저나 btbc가 오빠의 도움을 받은 거잖아요. 유튜브 구독자도 100만 명 넘은 건 다 채플 메타버스 아이템 덕분이에요."
"하하하, 그런가요! 혜수씨가 그렇게 치켜세워 주니 쑥스럽네요."
"오빠가 사실 캡슐 속에 있었다는 얘기 듣고 너무 놀랐어요. 어떻게 4년씩이나 캡슐에 갇혀……."

오혜수의 눈이 붉어지며 눈물이 그렁그렁했다.

"어머님이 그래서 그때 그런 표정을 하셨나 봐요. 저는 그것도 모르고 어머님이 손을 잡아 줘서 좋았거든요. 미안해요, 오빠…."

'카톡'

"직원들 회사로 출발하려나 봐요."
"방송국 사람들은 자동차 한 대로 왔죠?"

현서진이 눈물로 화장이 번진 오혜수에게 손수건을 주었다. 눈물을 닦아 내며 오혜수는 고개를 까닥였다.

"빨리 가 봐요."
"오빠, 8시 뉴스룸 방송 마치면 수원으로 갈게요."

오혜수가 계속해 울먹거렸다.

"혜수씨가 이렇게 눈물 많은 줄 알았으면, 그 얘기는 빼는 건데……. 혜수씨 오는 시간 맞춰 파스타를 준비해 놓겠습니다."

감응되어 울컥한 현서진이 감정을 누르며 말했다.

# 현서진의 기억

현서진은 눈이 떠졌다. 품에 안긴 오혜수가 새근새근 잠을 자고 있었다. 불현듯 8년이 지난 꿈, 기억 속에 생각난 은태희는 화장기 하나 없는 오혜수와 닮아 있었다.

8년 전 생명과학 연구소 뇌 과학 프로젝트에서 김형섭 박사의 후임 박창민 교수와 거래를 통해 생명과학 연구소에서 안전하게 살아 나올 수 있었다. 만약 그가 다른 선택을 했다면 뇌 과학 프로젝트를 함께했던 과학자들과 생명과학 연구소는 자신이 웹에 깔아 놓은 트랩이 연쇄적으로 터지며 파멸을 맞았을 것이었다.

과학자 집단이 모여 괴물 같은 짓을 통해 자신에게 초지능을 각성할 수 있게 만들었다. 오토 장치를 통해 컴퓨터와 동기화되는 비트를 알게 되었고 초고속 연산법을 알게 되면서 오토 장치는 필요하지 않게 되었다.

김형섭 박사가 현서진의 뇌파를 추적하여 찾아낸 중간세계는 현서진의 초지능이 만들어 낸 허상세계였다. 그 당시 현서진의 뇌는 자기방어를 위해 각개 활동을 했었다.

뇌 과학 프로젝트는 과학자 두 개 그룹이 섹션을 나누어 뇌-컴퓨터 인터페이스된 자신의 뇌에 한쪽에서는 자기 방어력을 높이기 위한 스토리를 비트화하여 심었고 한쪽은 자신의 뇌가 만들어 낸 고도화된 허상을 단단한 껍질을 가지고 있는 중간세계로 보았다.

4년 동안 뇌 과학 프로젝트에 의해서 자신의 뇌는 엄청난 가학을 견디며 방어력을 높였다. 그로 인한 초지능의 각성은 잃어버린 만 4년을 보상하듯 슈퍼컴퓨터와 동기화하면 수많은 가상세계를 구현할 수 있었다.

어쩌면 필연적 맞수가 될 수 있었던 이한성이 슈퍼컴퓨터와 동기화된 자신의 뇌파 게이트 문을 강제로 열려고 했을 때 더 날카로운 초지능으로 슈퍼컴퓨터와 동기화된 그의 의식 속에 파고들어 유사 가상세계 파일 합치기를 통해 편의점을 운영하는 두 아이의 아빠로 기억을 바꾸어 놓았다.

초월적 자신의 지능이 슈퍼컴퓨터를 통해 만들 수 있는 프로그램은 수많은 가상세계를 결정할 수 있는 11차원의 신적인 능력이었다. 그 능력이 현실세계와 닿아 있었다.

힘에 취하게 된다면 세상의 정보를 조작할 수 있고 핵무기를 놀이 삼아 터트릴 수도 있을 것이다. 무엇이든 할 수 있고, 원한다면 무엇이든 가질 수 있는 신적인 존재가 된다면 무료할 것 같았다. 달리 표현하면 변덕이 죽 끓듯 무슨 일을 저지를지 모르는 상태에 놓이게 될 것이었다.

이한성의 기억 조작을 통해 현서진은 깨달았다. 이 능력은 위험하다고…….

인터넷으로 연결된 가상세계는 현실세계와 종이 한 장 차이도 나지 않게 느껴졌다. 어떤 세계에 있든 통신, 금융, 쇼핑을 연동시켜 놓았듯이 그의 마음이 변죽을 부리면 재앙이 될 수 있었다. 최소한 세상을 결정짓는 힘을 감당할 수 있을 때까지 봉인이 필요했다.

그 상태로 수년이 흘렀다. 진정으로 자신을 가학한 사람들을 용서할 수 있게 되면서 현서진은 마음의 평온을 찾고, 세상에 존재하는 수많은 관계에 대한 이해관계를 알게 되었다.

최소한 신적인 능력을 컨트롤할 수 있는 여력이 생겼던 3년 전에 봉인을 풀었다. 슈퍼컴퓨터와 동기화된 그는 하룻밤 새 천지창조 하듯 채플 메타버스를 코딩했다. 그 이후로 세상의 물질 특성을 수치화하고 물리법칙을 적용하는 지난한 작업을 했다.

채플 메타버스에서 어떠한 직업도 실습이 가능한 것은 그가 그러한 노력을 통해 현실세계를 채플 메타버스에 담아냈기 때문이었다. 상태 창을 통해 스토어에 들어가면 게임 콘텐츠, 교육 콘텐츠, 의료 콘텐츠 등 다양한 상품을 만들어 진열해 놓았다.

현진그룹식 복합 현실 버전인 초현실은 게임 콘텐츠와 가상현실을 융합하여 만든 것이었다. 출시의 시기는 다르지만 만들어 놓은 시점은 채플 메타버스와 그다지 차이 나지 않았다.

생명과학 연구소 뇌 과학 프로젝트 실험체로 있을 때 파란 눈의 미국계 한국인 김형섭 박사의 아바타에 대항하기 위해 현서진의 뇌 의식은 몬스터와 사람 그리고 마법이 공존하는 허상세계를 진짜같이 농밀하게 구현했었다. 현서진은 세상의 이치와 관계를 이해하고 봉인을 풀고 슈퍼컴퓨터와 동기화했을 때…… '코딩' 능력이 한층 성장한 것을 알게 되었다.

\* \* \*

오혜수가 몸을 뒤척이며 현서진의 맨가슴으로 파고들었다.

'이러면…'

살짝 벌어진 오혜수의 입에서 단내가 느껴졌다.

'안 되는데…….'

오혜수의 허벅지가 현서진의 몸 위로 올려졌다.

'아직은 이른 새벽인데…'

오혜수의 손이 그의 가슴을 간지럽혔다.

'이러면 진짜 안 되는데…'

현서진은 상체를 살짝 세워 오혜수를 내려다보았다. 긴 속눈썹이 파르르 떨며 오혜수가 눈을 떴다.

"오빠… 아."

간드러지게 현서진을 자극하는 오혜수의 목소리는 현서진을 뜨겁게 하며 정욕에 물들게 했다. 경련하듯 꿈틀거리던 오혜수가 현서진을 밀치고 그의 하체 위에 올라앉아 요분질하며 간드러진 교성을 내질렀다.
현서진과 오혜수가 엎치락뒤치락하다가 시계의 바늘처럼 돌아 12시와

6시를 가리켰다. 입술이 촉촉하게 젖어 180도 돌아온 현서진이 오혜수의 허리를 들어 올려 성난 파도가 되어 수없이 오혜수의 둔덕을 부딪쳤다. 오혜수의 몸짓에 자세가 바뀌고 색욕에 잠긴 눈을 한 오혜수가 긴 머리카락을 쓸어 넘기며 현서진을 내려 보다가 활대처럼 뒤로 휘어지며 요분질과 간드러진 교성으로 현서진을 욕정에 가뒀다.

'넌 내 거라고.'
'절대 나를 벗어날 수 없다고….'

다시 포개져 탐하던 두 사람은 참을 수 없는 간지럼과 쾌감에 절정에 올랐다. 여운이 끝날 때까지 요리조리 하체를 놀리다 멈춘 두 사람의 얼굴에 땀이 송골송골 맺혀 있었다.

"오빠 사랑해요."
"나도 사랑해요."

# 변화

채플 메타버스 백현점, 신사점, 송도점은 론칭일부터 예약 받았다. 홈페이지 예약 사이트가 오픈되고 10분 만에 채플 메타버스 전체 사업장은 다음 달 예약까지 매진되었다. 채플 메타버스 운영사 현진그룹은 한 달 단위로 예약을 받았다.

채플 메타버스 프리미엄 캡슐아머를 경험한 사람이 후기를 올렸다.

"대박"
"미쳤다"
"말이 필요 없다"

다음 주자들도 약속이라도 한 듯 인증사진 한 장에 짧은 동일 문구를 올렸다.

채플 메타버스의 한 달분 예약은 론칭 다음 날 오전에 완전 매진되었다.

운영사 현진그룹은 예약 대기, 순번 및 예상 시간 알림, 웨이팅 서비스를 운영했다. 예약 대기자가 몇만 명 단위로 시작하여 몇십만을 넘어서게 되었다.

대기시간이 길어지자 직류변환기와 교류 전기를 걸러 주는 필터 설치로 가정용 220볼트 전원과 통신케이블을 사용할 수 있는 보급용 캡슐아머가 불티나게 팔렸다. 보급용 캡슐아머 사용자도 "대박", "미쳤다", "말이 필요 없다"란 문구를 썼다.

보급형 캡슐아머 하루 판매 대수 2만 단위가 되고부터 기록이 깨질 때마다 판매 수량이 뉴스로 보도되었다. 현진그룹에서 캡슐아머 생산을 자동화하여 24시간 보급형 캡슐아머를 생산해 냈지만 수요를 감당할 수 없었다. 제품을 기다리는 사람이 수십만 명 단위로 쌓이게 되었다.

세상이 바뀌는 데는 시간이 많이 필요하지 않았다. 채플 메타버스 유저가 늘어나면서 가상현실과 현실세계 어디에 있어도 메시지가 전달되는 '채플톡'이 카카오톡을 대신해 전 국민 어플로 다운되고 있었다. 한 달이 지나고 정부에서 채플톡을 공식적으로 사회관계망 서비스로 지정했다. 정부는 채플톡으로 정보 알림 서비스를 했다.

보급용 캡슐아머를 기다리지 못해서 헬멧형 아머를 구매한 사람이 인증사진과 함께 "대박", "미쳤다", "말이 필요 없다"를 썼다. 헬멧형 아머의 블루투스, 무선 통신, 무선 충전이 알려지면서 휴대성이 편리하고 가성비가 좋아 젊은 층에서 구매 열풍이 불었다.

세종 정부청사와 서울 정부청사에 프리미엄 캡슐아머가 설치되었고 정부에서는 채플 메타버스로 국무회의를 했다. 서울과 세종시를 오고 가지 않는다는 장점이 크게 체감되었다. 국회에서는 긴급 예산을 편성하여 주요 공공기관에 채플 메타버스 프리미엄 공급 설치에 관한 MOU를 현진그룹과 체결했다.

근로 형태가 바뀌고 있었다. 차량의 통행량이 4분의 1은 줄어들었다. 보급형 캡슐아머의 보급률이 높아지게 되면 재택근무가 더 늘어날 것으로 전망되었다. 전자 결재, 통신, 금융, 쇼핑이 현실세계와 연동되어 채플 메타버스는 산업과 접목되며 사용 범위가 넓어지고 있었다.

현진그룹에서 신규 프리미엄 인체모형 캡슐아머 채플 메타버스 사업장 운영권을 입찰 붙였다. 국내법인 삼영그룹, 현다그룹, 한아그룹과 호텔 접목에 한하여 해외 법인 샹그릴라 호텔을 선정했다. 수익배분 조건은 운영사 70%, 현진그룹 30%로 했다.

현진그룹은 배당금 30%, 판매 중계 수수료 5%, 캡슐아머 생산 판매 수익금, 아이템 수수료 10%, 캡슐아머 대당 관리비, 이익금은 운영비를 제외하고 투자 비율에 맞춰 배분했다. 로열티는 개발자인 현서진의 몫이었다.

# 운교산 뷰 캠핑장

오재승 교수는 운교산 뷰 캠핑장 준공검사를 마치고 6월 2일 오픈했다. 캠핑 사이트에 올려놓고 오는 손님만 받자는 심정으로 광고에 신경 쓰지 않았지만 캠핑 마니아들에게 뷰(view) 좋은 캠핑장으로 알려져 며칠 새 손님이 많이 늘었다.

# 섭외는 어떻게 됐어?

"이승훈 차장, 박창민 교수 섭외는 어떻게 됐어?"
"그게…."
"아직도 섭외 못 했어?"

3팀 정인세 팀장이 얼굴색이 변해서 이승훈 차장을 무안 줬다.

"쯔쯔."

2팀 김여후 팀장이 지나가며 혀를 찼다.

"3팀은 공기가 안 좋네…."

유상진 팀장이 김여후 팀장을 보고 말했다.

"일은 인세가 저지르고 이승훈 차장에게 성내는 거지 뭐!"

"박창민 교수 섭외 말하는 거였군!"
"몇 달 동안 자기가 한 짓 가지고 이승훈 차장 쥐 잡듯 잡는 것 봐. 시대가 어느 때인데……."
"박창민 교수는 왜 안 나온다는 건지 알아?"

유상진 팀장이 김여후에게 물었다.

"안 나오는 게 아니라 못 나오는 것 같은데……."

김여후가 고개를 저으며 말했다.

"그런가?"
"그렇지, 하루 이틀도 아니고 두 달이 지나도록 섭외가 안 되는 건 뭔가 있어! 3팀 〈뉴스 프로파일러 VS 이태백 기자〉 시청자 확 줄었잖아…. 유튜브 200만인 채널에서 2천 명도 안 나와. 1팀 오혜수가 하는 방송은 기본이 10만 명대고 아이템 제대로였을 때 30만 명대도 찍었던 것과 대조되는 거지!"
"다른 사건 방송 잘해서 덮으면 되지 않아?"
"그게 댓글과 라이브 방송 때마다 그거 가지고 늘어지는 시청자가 꽤 있어! 예전 같으면 구독자 떨어져 나갈 텐데 1팀 방송이 좋으니 3팀만 타깃으로 공격하더라."
"오, 김여후 그런 것까지 일일이 살피고……."
"그럼 남자와 여자가 똑같겠니."

"궁금해지는데. 왜 안 나오겠다고 하는 거지?"

"뭐가 있겠지! 3팀 방송 보면 방송하고 대화창이 따로 놀아! 뭐 있지 않으면 그럴 수 없다고, 시청자들 촉이 내 촉하고 딱 맞아."

"악의적인 다른 유튜버는 아닐까?"

"그럴 수도 있지만 이제는 3팀 방송이 그 포맷에 가둬져서."

"뉴스 프로파일러 VS 이태백 기자, 방송 내려야겠네."

"인세 저 얼굴 봐. 절대 포기 못 해. 괜한 것에 자존심이 꽂혀서……."

"국장님이 이럴 때는 정리해 줘야지."

"알면서도 손을 못 쓰는 거지. 얘기 안 해 봤겠어? 인세가 고집 피워 안 되는 거겠지!"

"생각보다 심각하네. btbc 유튜브 채널 전체 이미지를 야금야금 깎아 먹는 거잖아."

"그걸 노리고 대화창을 그리로 몰고 가는 사람도 있었겠지. 요즘은 네이버 기사마다 btbc 거짓말 방송, 〈뉴스 프로파일러 VS 이태백 기자〉 거짓말 방송! 박창민 교수 언제 섭외할 거임, 이렇게 붙여넣기부터 장황한 글까지 서너 명이 돌아다니며 뿌려 대는 통에 댓글 보기 불편해."

"골치 아프네!"

"넌 이제 와 골치 아프네, 그러니?"

"나야 우리 팀이 잘하니 신경 쓰지 않았었지."

"에라, 이 목석같은 남자야!"

"아야!"

유상진 팀장이 김여후에 발길질에 펄쩍 뛰었다.

"내가 눈이 삐었지. 이런 사람이 뭐가 좋다고……."
"아야."

김여후가 발길질을 한 번 더 하고 찬바람을 날리며 2팀을 향해 갔다.

# 무슨 일인데 한달음에 왔습니까

"교수님?"

"누구세요?"

"접니다, 박창민."

"박창민 교수가 어떻게?"

"명예교수직 반려하고 시골로 가셨다고……. 카이스트 이민한 교수에게 듣게 되었습니다."

"아, 그래요. 그런데 무슨 일로 전화를 주었습니까?"

"혹시 생명과학 연구소에서 우리가 한 프로젝트 생각나십니까?"

"알지요. 논문까지 썼는데."

박창민 교수는 목이 탔다, 어디서부터 말해야 할지…….

"저기, 박 교수."

"예."

"내가 좀 바쁩니다. 나중에 다시 통화하면 안 될까요?"

"죄송합니다. 중요한 얘기라. 통화가 어려우면 제가 가겠습니다."
"이곳을요?"
"예."

*　*　*

"무슨 일인데 이 먼 곳까지 한달음에 왔습니까?"
"btbc 유튜브 아십니까?"
"알고는 있지요 그런데 왜요?"

오재승이 박창민 교수에게 물었다.

"이한성 조교 있잖습니까?"
"그 사람은 왜요? 김형섭 박사가 삼영연구소 수석연구원으로 데려가지 않았습니까?"
"그랬었지만 지금은 정신병원에 있습니다."

박창민 교수의 말에 오재승은 의문이 들었다.

"그 성실하던 사람이 젊은 나이에 정신병원에는 왜 갔습니까?"
"그게 잘은 모르지만 제 생각에는 김형섭 박사의 연구와 관련 있는 것 같습니다. 멀쩡했던 사람이었는데 어느 날 느닷없이 망상장애로 용인 정신병원에 강제 입원되었습니다."

"그 사람 외아들 아니었습니까?"
"저도 그렇게 알고 있습니다."
"그럼 부모가 입원시켰겠네요. 부모 속도 말이 아니겠네요!"
"그게 문제가 아닙니다."
"그러면요? 우리가 했던 '뇌 의식의 자기방어'와 연관 있어요?"
"아휴."

박창민 교수는 답답했다. 오재승 교수는 세상 돌아가는 상황을 아무것도 모르는 것 같았다.

"김형섭 박사가 생명과학 연구소에서 삼영연구소로 옮겨 갔잖습니까?"
"그랬지요."
"그리고 한 달 안 되어 사망 소식을 들었습니다."

오재승의 관자놀이가 꿈틀거렸다.

* * *

김형섭 박사는 무단 실험으로 뇌에 충격을 받고 쓰러졌던 적이 여러 차례 있었다. 초기 연구에서 연구자의 뇌와 실험체의 뇌를 연결하여 실험체 의식을 들여다보는 개념이었는데 너무 위험해 일일이 수작업으로 뇌파를 읽어 가며 실험체가 꾸는 꿈을 모니터로 볼 수 있게 만들었다.

김형섭 박사는 여기에서 멈추지 못하고 위험을 감수하고라도 원안대로 뇌파를 타고 실험체의 의식으로 들어가 보자는 의견을 냈었다. 함께한 과학자들이 뇌파 측정기를 개조하여 실험체 의식과 연구자를 인터페이스하는 것은 기술적으로 검증이 안 되어 반대했었다. 반대쪽에 자신과 박창민 교수 등 여러 명이 있었고 찬성 쪽에는 김형섭 박사와 이한성 연구원이 있었다.

의견 차이가 옥신각신 싸움의 양상으로 변하자 점진적으로 교수들이 프로젝트에서 빠졌다. 합의하여 섹션을 나누어 김형섭 박사는 자기 고집대로 갔었고, 자신과 박창민 교수는 실험체를 깨워 보려고 스토리를 비트로 만들어 실험체 뇌를 업로드(upload)하는 방법을 찾았다.

실험이 거듭될수록 김형섭 박사는 실험체의 뇌 의식 속에서 발견한 세계를 중간세계로 믿었다. 성과를 어느 정도 거둔 이유도 있었지만 실험으로 뇌 손상을 입어서 올바른 판단을 할 수 없는 상태인 것 같았다.

실험 중 쓰러졌다가 의식이 돌아오면 또 실험체의 뇌에 자신의 뇌를 인터페이스하는 짓을 반복했다. 그만 좀 하라고 그와 대판 싸웠을 때, 당신과 자신, 아니 우리는 불법적인 실험을 하고 있다고 저 실험체는 자기 먼 사촌 동생을 통해 실험에 적합한 환자를 빼내 온 것이라고 말했었다.

벗어날 수 없는 함정에 빠진 것 같았다. 몰랐다고 한들 세상에 알려지면 이제껏 쌓아 올린 명성도 한순간에 날아갈 것처럼 느껴졌다. 당시 박창민 교수도 그가 한 말을 들었다. 사망으로 조작해 놓았으니 자기만 방해 안 하면 모두 살고 그렇지 않으면 다 같이 죽게 될 것이라고.

눈앞이 깜깜해졌었다.

그 이후부터는 그는 실험 강도를 더욱 높이고, 자신과 박창민 교수는 실험체 뇌에 살려는 의지를 키워 주기 위해 가상의 스토리를 비트로 만들었다. 그 인물이 '권천'이었다.

　김형섭 박사의 건강이 심각한 상태에 이르렀을 당시 이한성 연구원에게 물어 김형섭 박사의 연구가 방향을 잃었음을 알았다. 그는 뇌에 손상을 입어 다른 인격체로 변해 있는 것 같았다. 대화가 안 되었고 눈을 희번덕거릴 때는 폭력이 쏟아질까 봐 긴장되었다. 그럴 때마다 총괄 책임자인 그에 비해 권한이 없는 자신이 한심해 보여 답답하고 자괴감이 들었다.

　실험체가 가여웠다. 김형섭 박사를 막을 힘이 없는 자신이 비참했다. 자신과 박창민 교수가 할 수 있는 것은 잠에서 깨어날 수 없는 실험체 의식에 책임감 강한 가장을 업로드(upload)하여 기적을 바라는 것뿐이었다. 그러는 와중에 완성한 논문이 있었다. 그것이 '뇌 의식의 자기방어'였다.

　김형섭 박사의 무단 실험은 계속되었다. 실험체 뇌 의식 속에서 김형섭 박사가 구현해 낸 아바타와 실험체 뇌 의식에 존재하는 인물의 싸움이 여러 차례 반복되었다. 그 사건으로 실험체와 김형섭 박사의 생명에 심각한 문제가 발생하는 사건이 벌어졌다.

　묵묵부답으로 일관하던 생명과학 연구소 소장은 뇌 과학 프로젝트가 외부로 알려질 위기를 맞게 되었을 때, 급하게 뇌 과학 프로젝트와 생명과학 연구소 상임 임원에서, 김형섭 박사를 제명했다. 이후 자신은 생명과학 연구소를 나왔다. 박창민 교수는 생명과학 연구소에 남아 김형섭 박사를 대신해 뇌 과학 프로젝트 총괄 책임을 맡았다.

* * *

"그래서요? 김형섭 박사 죽음이 무슨 문제라도 있습니까?"

오재승이 박창민 교수에게 물었다.

"몇 달 전에 btbc 유튜브에서 댓글 속 진실을 알아보는 〈뉴스 프로파일러 VS 이태백 기자〉를 방송했습니다. 첫 방송에서 다루었던 댓글 속 진실은 김형섭 박사 사망과 이한성 수석연구원의 정신병원 입원과 관련된 기사입니다."
"그 사람들이 왜 거길 나옵니까?"

박창민 교수는 오재승 교수의 말에 가슴을 치고 싶었다. 가르치는 것과 연구밖에 모르는 사람이었다는 생각이 들었다. 시골에 있어서 아무것도 모르는 것이 아니라 본인이 관심 둔 것이 아니면 관심조차 없는 사람 같았다.

"그게 삼영반도체 백혈병 환자 죽음에 힘을 얹기 위해 기자들이 삼영연구소 김형섭 박사 사망과 이한성 수석연구원의 정신병원 입원을 대기업 코너 몰이용 소스로 쓴 것이었습니다."
"그래서요?"
"그 사건의 진실을 btbc 유튜브에서 다뤘고 삼영연구소와 정신병원에서 정보를 알아낼 수 없으니까 생명과학 연구소에서 그 두 사람이 했던 연구가 어떤 것인지 프로젝트 후임자인 제게 방송에서 물어보겠다고…."
"방송 나가신다고 해 놓고, 왜 그렇게 예민하게 생각합니까?"

"저는 방송 나가겠다고 말한 적 없습니다. 그 방송 나가기 전까지는 방송사에서 연락해 온 것도 없었습니다."
"그런데요?"
"이승훈 아나운서 아시죠? 아이들 방송에 나오시는 분인데. 어린이 퀴즈."
"있다 치고요."

박창민 교수가 연상될 수 있는 단어를 꺼냈지만 오재승 교수는 생각나지 않았다.

"후……."

박창민 교수가 한숨을 쉬었다.

"그럼 그냥 얘기하겠습니다. 정인세 아나운서가 그분 상사인데 당연히 섭외될 줄 알고 말한 것이라고, 그리고 지금은 제가 나가지 않으면 안 될 것같이 되었습니다."
"그건 왜요?"
"제 이름이 웬만한 기사 댓글에 다 나옵니다. 뭐가 있어서 방송에 못 나오는 것이라고……."
"그럼 나가면 되지 않습니까?"
"그게…"
"말해 보세요. 뭔데 그렇게 말을 못 해요?"

박창민 교수가 말을 끌어 오재승이 재촉했다.

"6번 실험체였던 사람이 요즘 핫합니다."
"죽은 사람이 왜 핫하죠?"
"제가 말을 안 한 것이 있습니다."

오재승의 미간이 좁아지며 눈썹이 씰룩거렸다.

"말을 안 한 것이 뭡니까?"
"제가 프로젝트 총괄 책임자로 있을 때 6번 실험체가 제 방에 찾아왔었습니다."
"헉, 정말입니까?"
"예. 거래를 하자고 자기는 살아 나가고 싶다고. 막으면 우리에게 파멸을 불러올 조치를 해 놓았다고 했습니다."
"그래서요."
"살아온 사람을 죽일 수는 없잖습니까? 어떤 조치를 한 것인지도 모르니 그 사람 말대로 보내 주었습니다. 살아 나가도 법적인 고소나 책임을 묻지 않겠다는 의사를 밝혔고, 그런 사람으로 보였습니다."

오재승은 미묘한 감정에 휩싸였다. 박창민 교수와 함께 업로드(upload)한 시나리오가 먹혔나! 한편으로는 무엇인가를 빠트린 것 같았다.

"그 사람 중추신경 손상 환자였다고 들은 것 같은데요…."

"맞아요. 언젠가 김형섭 박사가 모션 기능 캡슐을 고안한 이유가 실험체의 목뼈 때문이라고 말했던 것 같습니다."

기억이 되살아난 박창민 교수가 반색하며 말했다.

"그 말은 저도 들은 기억이 납니다. 뭔가 틀린 사실을 김형섭 박사가 말했을 수 있으니 교수님이 찾아온 이유를 듣고 싶습니다."
"아! 예, 혹시 교수님은 뉴스 보십니까?"
"몸이 한동안 안 좋아서 세상에서도 벗어나 살다시피 해 세상 돌아가는 것을 모릅니다."

이해되는지, 박창민 교수가 고개를 까닥였다.

"세상이 많이 바뀌었습니다. 도로에 차량이 많이 줄어들었습니다."
"도로에 차가 줄어든 것과 상관있습니까?"
"있습니다. 제가 요즘 핫한 사람이라고 했잖습니까? 채플 메타버스 개발자이자 현진그룹 오너."

오재승의 입이 딱 벌어졌다.

"채플 메타버스가 장애인의 재활치료도 되지만 인터넷 댓글에 보면 채플 메타버스에서 업종별 기술 장인을 등록하여 일을 배우려는 사람들에게 기술을 전수합니다.

가상현실에서 직업을 얻을 수 있어서 고맙다는 말을 인터넷 댓글에서 심심찮게 볼 수 있습니다. 지금은 대통령보다 현진그룹 회장이 국민들의 사랑을 더 많이 받고 있습니다. 괜히 방송 나가서 실험체로 그 사람이 사용되었던 것을 말하게 되면 우리는 끝입니다."

"그럴까요?"

오재승이 반문했다.

"교수님은 다른 생각을 가진 겁니까?"
"나는 그 사람에게 연민을 느꼈어요. 꼭 깨어나 달라고 간절히 바라며 스토리를 만들었어요. 박창민 교수는 그 사람을 해치려는 마음이었습니까?"
"아니요, 저도 아프지 않기를 바랐어요. 스토리를 비트로 만들어 그의 뇌를 업로드(upload) 할 때 그 사람이 잘못될까 봐 두려웠습니다."
"그럼 되었습니다. 어떻게 보면 우리가 살렸을 수도 있잖습니까? 일이 잘못되어도 어떻게 합니까? 우리가 한 짓인데! 방송 나가 보세요. 그 사람이 고소 안 하겠다고 말했다면서요."
"예, 그렇게 말을 했었지만…."
"그럼 믿어 봅시다."

오재승 교수가 초탈한 사람처럼 말했다.

## 종방하게 되었습니다

음악과 함께 화면에 〈뉴스 프로파일러 VS 이태백 기자〉 타이틀이 자막으로 올려졌다. 스튜디오의 카메라가 정인세 팀장, 박창민 교수, 이승훈 차장, 이태백 기자를 한 화면에 잡았다. 출연진이 준비를 마치는 타이밍에 맞춰 정인세 팀장 앞 카메라에 불이 들어왔다.

"〈뉴스 프로파일러 VS 이태백 기자〉는 지난 3월 20일 방송한 삼영연구소 김형섭 박사 사망과 이한성 수석연구원 망상장애를 규명하기 위하여 생명과학 연구소 뇌 과학 프로젝트 총괄 책임을 맡았던 박창민 교수를 모셨습니다. 안녕하십니까? 교수님."
"예, 안녕하십니까?"
"지금은 어디에서 교편을 잡고 계십니까?"
"한양대학교에서 심리 뇌 공학과를 맡아서 학생들을 지도하고 있습니다."
"심리 뇌 공학은 어떤 것입니까?"
"인공지능과 심리학을 접목해 인간의 의사결정과 인공지능의 중첩 분야를 연구하는 학문입니다."

고개를 까닥여 경청을 보인 정인세 팀장이 박창민 교수를 보며 물었다.

"저희가 이렇게 교수님을 모신 것은 김형섭 박사와 이한성 수석연구원이 생명과학 연구소에서 했던 뇌 과학 프로젝트를 알고 싶어서입니다. 생명과학 연구소의 뇌 과학 프로젝트가 무엇이었습니까?"
"뇌사자 뇌와 컴퓨터를 인터페이스하여 뇌 생체 신호를 읽어 내는 연구였습니다."
"김형섭 박사가 2014년 10월 29일 생명과학 연구소 상임 임원에서 해임되고 뇌 과학 프로젝트에서도 방출되었습니다. 이유가 있습니까?"
"뇌사자의 뇌와 자신의 뇌를 인터페이스하는 연구로 김형섭 교수는 스스로 뇌 손상을 입는 행동을 반복했습니다. 생명과학 연구소 박덕만 소장이 사고를 막기 위해 적법한 절차에 의해 상임 임원에서 해임하고 연구에서도 배제했던 것으로 압니다."
"그랬군요."

아무것도 건진 것 없는 정인세 팀장이 속이 타는지 생수를 한 모금 마셨다.

"김형섭 박사 사망 사인이 뇌출혈입니다, 김형섭 박사는 삼영연구소로 옮겨 가기 전부터 뇌가 손상되었던 것은 아니었습니까?"

이승훈 차장이 질문을 했다.

"제가 의사가 아니라서 그것에 대해서는 알 수 없습니다. 다만 뇌사자의 뇌와 김형섭 박사의 뇌가 인터페이스된 상태에서 정신을 잃은 적이 여러 번이었고 정신착란 증세로 병원 진료를 받은 적이 있었습니다."

"다른 특이한 것은 없었습니까?"

"연구에 대한 집착이 강하여 검증되지 않은 장비 사용을 말리는 사람에게 폭언을 쏟아 내었던 것으로 기억하고 있습니다."

"이태백 기자, 이한성 수석연구원 추가 취재는 없었습니까?"

정인세 팀장이 질문했다.

"1주일 전까지 용인정신병원에 근무하면서 이한성 수석연구원을 전담했다는 간호사 김 씨를 만나 이한성 수석연구원 상태를 들을 수 있었습니다."

"인터뷰했습니까?"

"예."

"이태백 기자가 취재한 인터뷰 동영상을 보고 오겠습니다."

"이한성 수석연구원의 망상장애는 어떠한 상태였습니까?"

이태백 기자가 질문했다.

"편의점을 운영해야 되는데 병원에 갇혀 있어 가게가 망하게 되었다는 말을 반복했습니다."

간호사 김씨가 대답했다.

> "연구원이었다는 얘기는 듣지 못했습니까?"
> "예. 제가 방송을 보고 삼영연구소 수석연구원으로 근무한 적 있는가를 물어보았습니다. 연구원이 뭐냐고 되물었습니다."
> "건강상 이상은 없습니까?"
> "망상장애 외에는 특별한 건강상 이상 소견은 없던 환자로 알고 있습니다."

인터뷰 동영상이 끝났다. 카메라가 스튜디오의 출연진을 비추었다.

"3팀 정인세 팀장 표정이 안 좋네!"

유튜브 라이브를 보면서 1팀 유상진 팀장이 말했다.

"소식 듣지 못했어? 곧 스포츠 채널 전문 아나운서로 발령 난다던데……."

2팀 김여후 팀장이 말했다.

"금시초문인데……."
"어떻게 너는 점점 둔감해지니? 보도국 팀원 재편성 부장 의견 수렴한다는 메일 안 봤어?"
"그런 것이 있었어?"

어이없는 표정을 한 김여후가 고개를 설레설레 저었다.

"보도국 팀 재편성하겠다고 국장님이 메일을 보냈잖아. 알아보니까 사장님도 국장님 의견을 받아들여 아나운서 모집도 찬성했다던데."
"헉, 3팀 어떻게 되는데?"

유상진은 그제야 긴장된 눈빛으로 김여후에게 물었다.

"이 화상아, 3팀만 문제가 아니라 팀 재편성하는 것으로 확실히 결론 났다고 하더라!"
"어디서 그 얘기 들었어?"
"박연희 비서에게 들었다."
"박연희 비서가 어떻게 알고?"
"어떻게 알긴 뭘 어떻게 알아, 들었으니까 아는 거지!"
"어떻게 팀을 짜겠다는 건데?"
"나태한 사람들 긴장하게 파격 인사를 단행하겠다고……."
"그게 되겠어, 보수적인 우리 회사가?"
"국장님이 기여도 순서로 인사고과를 평가해 새 부장을 뽑겠다고 사장님께 말했다고 하더라."
"그럼 난 이상 없겠네!"
"그렇게 안일하게 생각하다간 한 방에 훅 간다. 인세 봐. 옛날 같으면 어떻게 스포츠 채널로 보내. 노조에서 절대 동의 안 했을 거다."
"그럼 이번에는 동의할 것으로 봐?"
"당연하지, 서기철 국장이 btbc 직원의 명예를 높였다는 조사도 있어. 뉴스 전체 평균 시청률이 12%야. 몇 달 전 1% 생각하면 기적이잖아. 이

것이 누구의 능력이겠니?"

"나지!"

"미친, 어떻게 너냐, 국장님이지!"

"국장님이 뭘 했다고……."

"그것은 네 얘기고, 공을 인정받은 사람은 서기철 국장님 아니야?"

"그건 그렇지만 우리 팀이 뉴스 시청률과 유튜브 구독자 확보에 가장 큰 공을 세웠지!"

"솔직하게 말하면 너보다는 오혜수가 시청률 판도를 확 바꿨지!"

"무슨 말이야. 우리 팀 공과의 책임을 내가 지잖아?"

"누가 아니래? 그렇지만 이번은 좀 다를 거야!"

"왜?"

"팀 대항전에서 오혜수의 PT를 btbc 임직원과 자회사 직원을 합하여 대략 250명 정도가 봤잖아."

"그게 왜?"

"기여도 직원 평가에서 오혜수가 높게 나오겠지! 뉴스와 시청자 동기화로 8시 뉴스룸 평균 시청률을 16%로 올려놓았어. 만약에 대선이라도 있으면 손광희 아나운서의 기록을 갈아엎을지도 몰라!

채플 메타버스는 어떻고? 유튜브 구독자 수는 200만 명을 넘었다. 시청자 수는 평균 19~20만 명까지 나오고, 본 채널 예능 TV 채플 메타버스 시청률이 24%… 이제껏 이렇게 숫자로 증명한 능력자는 없었어! 손광희 아나운서가 있긴 했지만 이슈를 만들다가 위험한 사지로 btbc를 끌고 들어갔었지!"

"김여후 너 소설 너무 쓴다. 가도 너무 갔어! 대리급 오혜수가 그런다고 보수적인 방송국이 부장을 달아 주겠어, 팀장을 맡겨 주겠어? 딱 봐도 위에서 기강 잡으려고 엄포 놓는 건데… 아야!"

김여후의 발길질에 발목을 차인 유상진 팀장이 뒤로 펄쩍 뛰었다.

"이런 화상을 믿고. 너 이렇게 계속 안일하면 어제 너와 한 얘기 없던 걸로 한다. 어떻게 널 믿고 살아, 흥."

찬바람을 날리며 김여후가 2팀을 향해 걸어갔다.

"그게 아니고. 네가 걱정할까 봐! 웃기려고, 농담한 거야. 너는 내 마음 알잖아?"

얼굴이 하얗게 질린 유상진 팀장이 김여후 팀장을 쫓아가며 감언이설을 늘어놓았다.

\* \* \*

"댓글 팩추얼, 겟뉴룸 뉴스 〈뉴스 프로파일러 VS 이태백 기자〉를 사랑해 주신 시청자 여러분 기대를 충족시키지 못해 죄송합니다."

정인세 팀장은 착잡한 심정이 담긴 표정으로 말했다.

"오늘을 마지막으로 〈뉴스 프로파일러 VS 이태백 기자〉를 종방하게 되었습니다. 그동안 시청해 주셔서 감사합니다."

출연진 전원이 고개를 숙여 인사했다.

\* \* \*

현서진은 〈뉴스 프러파일러 VS 이태백 기자〉 마지막 방송을 흥미롭게 지켜보았다. 박창민 교수와 거래하기 전 그와 관련한 자료와 저서를 슈퍼컴퓨터와 동기화 상태에서 검색해 분석해 보았다.

그는 정치적 잇속을 부리지 않는 중도적 소신의 인물이었다. 이러한 사람이라면 적어도 자신들의 치부를 감추기 위해 또 다른 악행을 저지르지 않을 것이란 확신이 들었다. 과거에 약한 몸 상태로도 생명과학 연구소에서 살아 나올 수 있었던 것은 그의 양심이 올곧아 가능했다는 생각이 들었다.

진실이 덮였지만 자신과 오혜수 그리고 자신을 실험체로 사용했던 과학자들에게도 나쁘지 않은 결과가 될 것 같았다.

중추신경 손상은 정상적인 방법으로는 치료되지 않는다. 그럼에도 자신에게는 기적이 일어났다. 그들의 가학, 온탕과 냉탕에 살아남기 위해 자신은 영혼의 타임 슬립을 통해 성장할 수 있는 숙주를 찾아 전이되었다.

부명심법도 배웠다. 누군가 알려 주어 배운 줄 알았는데 자신 안의 많은 자아가 분리와 융합을 통해 자기암시의 창의적 스토리를 일반화한 것이었다. 부명심법의 단계적 성장을 통해 마법안도 깨우치고 점진적으로 초지능을 각성했다.

　환각과 환상을 단단한 껍질 속에 잡아 둘 수 있으면 가시적 인물이나 세상을 만들 수 있다. 과거 그러한 역량이 있었다면 의지의 씨앗으로 악비 장군의 아들 악운이라는 역사적 인물이 필요하지 않았을 것이다. 해 보지 않았기에 영혼이 전이 되는 과정이 필요했다.

　꿈속에서 마법으로 과일을 생성하게 되면서 새로운 이미지를 자유자재로 상상할 수 있고 단단한 껍질을 입혀 생동감 있게 코딩할 수 있게 되었다. 창의적인 자질도 개발하지 않으면 없어지게 된다. 그러한 의미에서 본다면 뇌 과학 프로젝트는 자신이 가진 창의력을 강제로 개화시켜 주었다.

　현서진은 피식 웃었다. 그들을 용서함으로써 분노만 씻긴 것이 아니라 세상의 것을 식별할 능력인 심안을 얻었다. 박창민 교수의 마지막 표정을 보고 오재승 교수를 떠올려 보았다. 이제는 만날 때가 된 것 같았다. 분노보다는 고맙다는 인사를 드릴 마음이 자신에게 생겨 있었다.

＊　＊　＊

　btbc 댓글 팩추얼, 겟뉴룸 뉴스 〈뉴스 프러파일러 VS 이태백 기자〉 종방 소식은 이슈를 끌지 못했다. 마지막에 약속을 지켰으나 즉각적 결과를 알고자 하는 시청자의 니즈를 무시한 듯한 느슨한 전개와 무책임한 섭외 공약은 독이 되었다.

　200만 명 구독자를 확보한 btbc 실시간 뉴스에서 2,000명의 시청자 이목을 끌었던 〈뉴스 프러파일러 VS 이태백 기자〉는 6월 8일 방송 80일 만에 종방되었다는 장대중 칼럼니스트의 일간지 논평이 전부였다.

# 변화 2

계묘년 8월 1일, 삼영그룹에서 전국 대도시에 인체모형 프리미엄 캡슐아머를 설치한 채플 메타버스 사업장 40곳을 오픈하여 연일 매진 사태를 만들며 채플 메타버스 S를 브랜드화했다.

현다그룹도 재계 순위에서 밀리지 않기 위해 현다그룹 삼성동 타워와 전국 대도시 40곳에 채플 메타버스 H를 오픈하고 연일 매진사태를 홍보하며 차별화된 서비스에 신경을 썼다.

한아그룹에서도 전국 30개 채플 메타버스 사업장을 오픈하여 채플 메타버스 한아를 브랜드화하며 매진 사태를 홍보하기 위해 btbc TV 광고를 했다.

경쟁 구도가 만들어지자 채플 매타버스 S, H, 한아의 서비스가 품격을 입으며 채플 메타버스 사업장은 전국 어디를 가도 친절, 쾌적, 세련이 기본적으로 자리 잡게 되었다.

해외 법인, 샹그릴라 호텔은 전 세계 78개 도시 100여 개의 호텔에 채플 메타버스 프리미엄 캡슐아머를 접목해 세계적 호텔 명성과 함께 채플 메타버스 센세이션을 일어나게 했다. 특히 관광 도시에 샹그릴라 호텔이 위치해 채플 메타버스는 전 세계 사람들에게 알려지게 되었다.

현진그룹이 채플 메타버스 국내 생산 공장을 제10공장까지 확장하여 보급용 캡슐아머를 생산했지만 전 세계에서 밀려드는 주문량을 감당하기에는 역부족이었다. 현진그룹은 해외법인을 만들고 해외 생산 공장을 다수 국가에 만들었다.

현진그룹의 주가가 연일 상한가에 힘입어 10월 2일 재계 순위 1위에 올랐다. 채플 메타버스가 세계화에 시동이 걸리고 두 달이 채 안 되어 어떤 세계에 있어도 통신이 가능한 채플톡, 채플 트위터, 채플 페이스북, 채플 인스타그램 어플 다운로드가 폭발했다. 채플 메타버스의 세계화 현상은 뛰어난 사람들을 현진그룹 R&D 센터로 모여들게 했다.

경험이 풍부한 엘리트들이 현진그룹으로 모여들면서 현진그룹은 채플 메타버스와 결합한 콘텐츠 개발과, 국가별 맞춤식 니즈 상품을 만들어 갔다. 채플 메타버스 상태 창을 통해 스토어에 들어가면 하루가 다르게 콘텐츠가 늘어 있었다.

현진그룹은 최근에 2건의 플랫폼을 개발하여 업데이트했다. 첫 번째, btbc 보도국 서기철 국장과 MOU를 체결하고 스튜디오 뉴스 시스템과 채플 메타버스를 결합한 btbc 프라이빗 뉴스 플랫폼을 개발하여 보도국 직원들이 공유할 수 있도록 했다.

두 번째, 교육청과 협력하여 채플 메타버스 초, 중, 고, 대학의 학교 플랫폼을 코딩했다. 학력만 인정되면 선생님과 학생이 집에서 캡슐아머를 통해 동기화하면 학교폭력이 완벽하게 차단되는 학교가 될 수 있을 것이다.

* * *

"회장님, 윤주명 대통령 전화입니다. 받아 보시겠습니까?"

이선필 비서가 현서진 회장에게 인터폰을 했다.

"예, 연결해 주세요."

현서진이 호흡을 고르고 유선 전화기를 들었다.

"안녕하세요, 대통령님. 현서진입니다."
"안녕하세요. 윤주명 대통령입니다. 현서진 회장에게 부탁이 있어 연락하게 되었습니다."
"제가 도울 수 있다면 성심껏 도와드리겠습니다."
"G20 정상회의 상시화를 위해 채플 메타버스를 이용하려고 합니다. 가능합니까?"
"예, 대통령님. 세종 정부청사와 서울 정부청사에 채플 메타버스 시스템을 구축할 때부터 국무회의뿐 아니라 국제회의 플랫폼을 개발해 놓았습니다. 확인해 보시고 추가할 항목을 말씀해 주시면 업그레이드하겠습니다."
"그래요, 알겠습니다. G20 국가의 정상들과 논의하여 채플 메타버스 시스템 도입 절차를 밟겠습니다."
"예, 알겠습니다. 대통령님."

* * *

8월 7일 월요일 btbc 그룹웨어를 통해 보도국 인사발령 및 조 개편이 공표되었다. 1팀 유상진 팀장 밑으로 3팀 이승훈 차장과 서지연 대리가 이동했다. 2팀은 조원 변동이 없었다.

3팀은 오혜수가 두 직급 승진하여 차장을 달고 부장 대우 팀장이 되었다. 이연진은 한 직급 승진하여 3팀의 과장이 되었다. 황지나 대리는 기존 3팀원이었다. 신입 전연무 아나운서가 3팀 막내로 들어왔다.

오혜수 팀장은 500만 구독자 확보를 목표로 하여 채플 메타버스 게임 콘텐츠를 실시간 뉴스 채널 프로그램으로 방송하겠다고 포부를 밝혔다.

게임 방송을 시작한 오혜수는 현서진에게 채플 메타버스 게임 팁을 배웠다. 유저들이 도저히 넘을 수 없다고 생각한 벽을 오혜수가 방송에서 뛰어넘었다. 오혜수는 방송을 통해 게임 팁을 시청자들에게 쉽게 설명해 주었다.

게임 방송은 btbc 실시간 뉴스 채널 구독자 증가와 아울러 채플 메타버스 게임유저의 증가를 불러와 현진그룹 게임 사업부와 윈윈했다.

## 이제야 찾아뵐 수 있는 마음이 되었습니다

"오빠, 진짜 아버지가 운영하는 운교산 뷰 캠핑장을 예약했어요?"
"예."

현서진이 씽긋 웃으며 말했다.

"우리 아버지는 제가 오빠를 만나는지 모르고 있어요."
"그래요. 그러면 더 잘된 것 같은데요. 인사를 드려야겠네요."

오혜수는 조금 당황스러웠지만, 왠지 기분이 좋아졌다. 현서진이 너무 유명해져 어느 날 갑자기 사라질 것만 같아서, 내 사람이지만 계속하여 내 사람일 것이란 생각을 할 수 없었다.
　조금은 욕심을 내도 되는 걸까?
　곧 서른 살 된다고, 한 살이라도 어릴 때 선보라는 엄마에게도 말하지 못했던 사람이었는데, 그가 직접 운교산 뷰 캠핑장을 예약해 놓았다.

* * *

10월 둘째 주 주말에 현서진은 오혜수와 운교산 뷰 캠핑장에 갔다. 예약한 사이트에 주차한 현서진이 능숙하게 텐트와 타프를 치고 테이블과 캠핑 의자 두 개를 조립했다. 트렁크에서 화롯대와 장작을 꺼내 내려놓으니 금방 캠핑 사이트가 완성되었다. 현서진은 오혜수와 붙어 앉아 그녀의 손을 잡고 예미산, 질운산, 민둥산 봉우리를 내려 보며 불어오는 가을바람을 느꼈다.

"참 경치가 아름답네요."
"저도 처음 부모님과 왔을 때, 힐링돼서 너무 좋았어요. 엄마는 판타스틱을 연호하셨고요."
"하하하. 옆 사이트에서 캠핑하는 사람들만 없었다면 저도 판타스틱을 소리쳐 말했을 겁니다. 어머니가 어떤 느낌이셨을지 이해가 됩니다. 이곳은 캠핑 사이트로 바로 차량을 이동할 수 있는 구조라 편안하고 자유로운 느낌이 듭니다."
"저도 그렇게 느꼈어요. 주인과 마주치지 않고 캠핑을 즐기다 갈 수 있는 구조로 되어 있는 것 같아요."
"혜수씨도 캠핑장 오픈하고 처음 온 건가요?"
"네. 아버지와 가끔 전화 통화만 했어요."
"식사 전에 인사드리고 올까요?"
"그래도 되겠어요? 오빠 아침도 굶고 왔잖아요."
"그것은 혜수씨도 마찬가지잖아요?"

'꼬르륵 꼬르륵'

오혜수와 현서진의 배에서 꼬르륵 소리가 났다.

"안 되겠네요. 혜수씨 아버지께 혼나기 전에 감바스를 금방 만들 테니, 먹고 인사드리러 가요."

짐짓 심각한 얼굴로 현서진이 말했다.

현서진이 고추, 마늘, 양송이버섯, 브로콜리, 새우를 소금과 후추로 간을 맞췄다. 올리브유에 탱글탱글하게 익은 감바스를 티타늄 접시에 담아 알루미늄 테이블에 올려놓았다.

"먹어 봐요."
"이 감바스 요리 이름이 뭐예요?"
"바질 페스토 감바스입니다. 화이트와인과 잘 맞는데, 혜수씨 같이 와인 마실까요?"

현서진은 식자재를 담은 아이스박스에서 화이트와인을 꺼내 오프너로 코르크 마개를 땄다.

"네, 저도 주세요."
"어때요?"

"레몬 향이 조금 느껴져요."
"또 다른 것은요?"
"꽃 향 같은데! 하얀색 꽃에서 나는 향 같은데요!"
"혜수씨 정말 대단합니다. 아템즈, 치치니스 와인은 레몬 껍질 향과 하얀색 꽃 향이 은근히 코끝은 간지럽혀서 생선이나 새우와 잘 맞아요."

오혜수가 브로콜리와 새우를 집어 오물오물 씹었다.

"입 안이 와인으로 텁텁했는데 새우 맛이 더해지니까 부드럽게 느껴져요!"

현서진이 고개를 까닥이고 화이트와인을 한 모금 입 안에 넣고 천천히 삼켰다. 양송이버섯과 새우를 집은 현서진이 오혜수를 보았다.

"그거 알아요?"
"네?"
"예전에 제가 꿈을 참 길게 꿨어요. 그때 어머니를 찾아 태산으로 떠났던 마후 은태희가 있었습니다."
"꿈이었는데 기억하는 것 보니 인상 깊었나 봐요?"

빙그레 웃은 현서진이 이야기를 이어 갔다.

"그럼요. 마음이 조금은 그녀에게로 갔었는걸요."

오혜수의 표정이 새초롬하게 바뀌었다.

"혜수씨, 꿈에 나온 사람 때문에 기분 나쁘고 그런 것 아니죠?"
"전혀 기분 나쁘지 않아요."
"다행이에요. 혜수씨가 화장을 안 하면 마후 은태희와 많이 닮았거든요."
"그래서 저를 좋아하는 거였어요?"
"아닙니다. 혜수씨는 그 자체로 참 매력적이고 좋은 사람 같습니다. 제 말은 제 꿈은 자연스러운 것이 아니라 누군가에 의해 만들어진 부분이 있었어요."
"그게 가능해요?"
"제가 채플 메타버스의 기본 시스템을 그때 사용했던 자료를 토대로 발전시켰으니, 그때도 가능했을 겁니다."

오혜수가 조금은 불안한 눈빛으로 현서진을 보았다.

"저랑 헤어지려고 하는 것은 아니죠?"
"저는 혜수씨와 헤어질 생각이 없습니다. 그러한 생각을 하게 해서 미안합니다. 그렇지만 왜 그녀가 혜수씨와 닮았는지 연결고리를 찾다 보니, 저를 깨워 준 사람의 마음이 저의 잠재의식에 희석되어 나타난 것으로 생각되었습니다."
"그게 무슨 말이에요?"
"혜수씨의 아버지, 오재승 교수님과 저는 참 인연이 깊습니다. 그분은 제가 알고 있다는 것을 상상도 못 할 수 있지만 저는 그분 논문의 주인공이었습니다."

"아버지의 어떤…."

아버지의 논문을 대부분 읽어 보았던 오혜수가 상체를 가볍게 떨었다.

"혹시 뇌의…."

창백해진 오혜수가 말을 이어 가지 못하고 눈물이 차올라 흘러내렸다. 감응되어 마음이 아려오는 현서진이 눈물이 나올 것 같아 먼 하늘을 보았다. 이내 마른 눈을 한 현서진이 텅 빈 동공으로 말했다.

"예, 맞습니다. '뇌 의식의 자기방어'. 뇌사자의 생체 징후를 연구하여 쓴 논문의 뇌사자가 저였습니다. 집으로 돌아와서 1년 동안은 멍하니 벽만 보고 있었던 것 같아요. 실험체가 되었다는 자격지심, 인간으로 존엄성을 잃음에 대한 수치, 변변하지 못했던 그 당시 신체의 안타까움이 계속 생각났어요.
정말 많이 힘들었습니다. 하지만 정말 힘들었던 것은 비트로 코딩된 정보에 의해 어린 두 딸아이와 아내를 남겨 두고 죽은 사람의 영혼이 되어 살아 보았기에, 주었던 사랑의 크기만큼 받고 있었던 사랑의 크기를 알게 되어, 어머니 앞에서 힘들어할 수 없다는 것이었습니다."

현서진의 동공에 슬픔이 담겼다.

"어느 날 소리를 죽여 가며 울고 있는 어머니를 보았습니다. 닫혔던 마음이 열리고, 뭐라고 형언할 수 없는 마음이 느껴졌어요. 내가 벽만 뚫어지게 보고 있었던 1년 동안을 어머니는 나를 끌어안고 소리를 죽여 가며 울었습니다.

살아 내야 했어요. 힘들면 삭이고, 속이 타도 무뎌질 때까지 기다리고. 그렇게 1년을 이겨 냈습니다. 조금씩 현실에 눈이 떠졌습니다. 사람들의 삶도 보였고, 사람들의 사고방식도 보였습니다. 끊임없이 사람들의 사고관을 탐구하는 시간으로 또 1년을 보냈습니다.

그 후 2년은 관계에 대한 이해의 시간이었습니다. 도합 5년이 흐르고 저는 과학자들을 진정으로 용서할 수 있었습니다. 생각을 멈추고 화를 삭였어도 사라지지 않았던 분노가 봄눈 녹듯 녹아 사라졌습니다. 그동안 잠들지 못했던 5년의 피로가 한순간에 몰려왔습니다.

참 깊게 잠을 잤습니다. 입에도 보기 좋은 웃음이 걸릴 만큼 달콤한 숙면을 하고 일어났던 날 저는 채플 메타버스 기본 뼈대를 만들었습니다. 그때부터 참 많이 바쁘게 살았습니다. 몸은 피로해졌으나 매 순간 열정적으로 일에 몰입하게 되었습니다.

3년이 흐르고 혜수씨를 만나게 되었어요. 그리고 두 달 전쯤 btbc 유튜브 채널에서 박창민 교수를 보았습니다. 그날 알 수 있었습니다. 그를 고마운 사람으로 느끼고 있는 나를! 그날 생각했습니다. 오재승 교수님께 고맙다는 말을 드릴 때가 되었음을……."

슬픔이 느껴지던 현서진의 동공이 까맣게 반짝이며 빛났다. 잠시 찾아온 정적 속에 부스럭거리는 소리가 뒤에서 났다. 오혜수가 반사적으로 고개를 돌렸다. 눈이 빨갛게 물든 오재승 교수가 멍하니 서 있었다.

"아버지, 아버지가 언제부터 거기에……."

현서진은 일어나 오재승 교수를 보았다. 모자를 썼지만, 얼굴은 까맣게 그을려 시골 노인 같은 모습의 오재승 교수가 목장갑을 낀 손등으로 대충 눈물을 닦고 현서진 앞으로 한 걸음 더 다가와 고개를 숙였다.

"미안합니다."

고개를 숙인 오재승 교수는, 어디에서 저 많은 눈물이 있었던 것인지 더 이상 말을 잇지 못하고 흐느꼈다. 현서진도 눈시울이 뜨거워졌다.

"제가 조금 더 일찍 찾아뵈었어야 했는데……. 이제야 찾아뵐 수 있는 마음이 되었습니다. 늦어서 죄송합니다. 그리고 정말 고맙습니다. 덕분에 의지가 꺾이지 않고 살아서 이렇게 찾아뵙게 되었습니다."
"아닙니다, 아니에요. 다 이 사람 욕심 때문에……."

세 사람은 한참을 더 눈시울을 적셨다.

# 이한성

"원장님 이한성 환자의 폭력성이 심해졌습니다."
"세로토닌 재흡수 차단제는 먹고 있습니까?"
"화장실에서 강제로 토해 내는 것 같습니다."
"전담 간호사를 붙여 약이 흡수될 수 있게 확실히 먹여요."

    조상헌 원장은 김만규 과장이 나가고 자기 머리를 손가락 끝으로 지그시 눌렀다. 망상장애로 강제 입원한 이한성 환자가 기회만 있으면 병원을 벗어나려고 하여 특정 구역에서만 생활하도록 복도에 철문을 설치하고 잠금장치를 달았다.
    이한성은 최근 정신과에서 강박장애 진단을 받아 망상장애 외 추가적 치료가 필요했다. 하지만 병원에 대한 적개심이 심해 의사의 인지행동치료를 거부했다. 약물 치료도 일부러 토해 내어 치료가 안 되었다. 이대로 계속 진행되면 자살 소동을 벌일지도 모른다는 생각이 들었다.
    자라 보고 놀란 가슴 솥뚜껑 보고 놀란다고, 정신병원에서 별의별 환자를 다 보았으면 좀 무뎌졌으면 좋겠는데 자신은 더 예민해지는 것 같았다. 책상 서랍을 열고 신경안정제를 입에 털어 넣고 생수로 약을 삼켰다. 보호자가 정신 외과적 수술은 안 된다고 했으니, 신경조절술인 뇌심부자극술이나 경두개자기자극법(TMS)을 해야겠다는 생각이 들었다.

'뜨르릭 뜨르릭'

조상헌 원장이 인터폰을 눌렀다.

"예, 원장님."
"방현준 실장, 이한성 환자 보호자에게 연락해 치료 방법에 대해 논의할 게 있다고 오라고 좀 해 주세요."
"예, 알겠습니다."

* * *

"이한성 환자를 저희가 치료하고 있지만 환자가 인지행동치료와 약물 치료를 거부하고 있어 강박장애 증상이 더 심해졌습니다. 지금은 24시간 전담 간호사를 붙여 환자분을 살피고는 있지만 통제가 점점 어려워지고 있습니다."
"그러면 어떻게 합니까? 정신 외과적 수술은 알아보았는데 한번 손대면 다시 복구가 어렵다고 하고 제 아들이 정신이 돌아와도 평생 장애를 안고 살아야 되지 않습니까?"

이한성의 아버지 이필상씨가 말했다.

"저대로 두면 제가 정신병원 경험으로 보았을 때 큰일 날 수 있습니다."
"그래도 정신 외과적 수술은 절대 안 됩니다."
"후우……."

조상헌 원장이 긴 숨을 내쉬었다.

"정 그러시면 신경조절술은 어떻습니까?"
"신경조절술요?"
"예."
"그러니까 어떤 신경조절술을 말씀하시는 것입니까?"
"뇌심부자극술입니다."

이필상씨가 조상헌 원장이 말하는 중에 고개를 저었다.

"저도 제 자식 놈을 고쳐 보려고 이것저것 알아보았습니다. 뇌심부자극술도 안 됩니다."
"보호자님, 진짜 이한성 환자를 저대로 두면 큰일 납니다. TMS 치료는 어떻습니까?"
"그게 뭔가요?"
"우리 병원과 협력 관계에 있는 뇌맵의원 정신 건강학과 전문의 이희윤 원장님께서 치료하는 방법입니다. S자 전도체에 전기를 흘려 자기장을 발생시켜 치료합니다."

"그것은 안전한가요?"

"예. 어딜 뚫거나 꿰매고 하지 않습니다. 이희윤 원장님은 TMS 치료 경력이 10년 가까이 됩니다."

"그래도 제가 좀 알아보고 하고 싶은데……."

조상헌 원장이 어쩔 수 없는지 고개를 까닥였다

* * *

난동이 심해 이한성을 건장한 간호사 두 명이 뇌맵의원으로 데리고 왔다.

"두 분이 계속 잡고 있으면 뇌파 정량 체크를 할 수 없습니다. 보호자 분께 양해를 구하고 손과 발을 의자에 묶어 주세요."

이희윤 원장의 말을 들은 이필상씨가 동의했다. 소리를 지르고 물건을 부수는 통에 여간 다루기 쉽지 않은 이한성을 두 간호사는 능숙하게 두 발과 두 팔을 의자에 결박했다. 검사를 마친 이희윤 원장이 이필상씨에게 치료 방법을 설명했다.

"보호자님, 이한성 환자의 편도체는 발달하지 않았지만 셀리언스 네트워크에 문제가 있습니다."

"무슨 말인가요?"

"사람의 뇌는 아주 복잡합니다. 네트워크가 제 역할을 못 하면 전전두엽의 발달도 막히게 됩니다. 제 생각에는 셀리언스 네트워크와 중추 실행 네트워크가 제 역할을 못하여 정상적인 인지기능을 못 하는 것 같습니다."
"치료는 가능합니까?"
"글쎄요. 최선을 다해 봐야지요. 보호자님 이한성 환자의 치료를 진행하겠습니까?"

이필상은 어찌할 바를 몰라 망설였다.

"다시 한번 물어보겠습니다. 환자분을 TMS 치료를 하겠습니까?"
"안전한 것은 맞나요?"

이희윤 원장이 고개를 까닥였다.

"예, 치료해 주세요."
"동의서 좀 작성해 주세요."

이희윤 원장이 동의서 양식을 주었다.

* * *

이한성의 팔과 다리를 묶고 몸도 침대에 고정했다.

"환자분이 자꾸만 움직여 이 정도의 고정으로는 TMS 진행이 어려울 것 같습니다. 부원장님, 환자분 머리를 침대에 고정해 주세요."

의료용 침대에 고정된 것을 확인한 오미연 부원장이 이한성의 머리에 S 모양 전도체를 부착했다. 뇌파 정량 값을 살펴본 이희윤 원장이 전류를 조절하고 시작을 눌렀다. 이한성은 아무런 느낌이 없는지 눈만 깜빡였다.

"부원장님, 전도체 좀 확인해 봐요."
"부착 상태 이상 없습니다."
"자기장에 민감하지 않은 체질 같습니다."

오미연 부원장의 말을 들은 이희윤 원장이 전류를 높였다. 이한성이 미간을 살짝 찌푸렸다. 오미연 부원장이 이희윤 원장에게 환자가 자기장에 반응하고 있음을 알려 주었다.

"이대로 잠깐 뒤 볼까요?"
"예, 원장님. 환자가 잠든 것 같습니다."
"전도체 부착 상태는요?"
"이상 없습니다."

5분여 시간이 지나고 이희윤 원장이 TMS를 껐다.

"부원장님, 전도체를 탈착하고 환자분 좀 깨워 주세요."

고개를 끄덕인 오미연 부원장이 부착된 전도체를 떼었다.

"이한성님 제 말 들리세요? 치료 끝났습니다."

이한성이 미동도 하지 않았다. 오미연 부원장이 가볍게 이한성을 흔들었다. 반응이 없었다. 오미연 부원장이 이한성 코에 손등을 가져다 대었다.

"원장님, 이한성 환자가 숨을 안 쉬는 것 같습니다."
"비켜 봐요."

청진기를 이한성 가슴에 가져다 대었던 이희윤 원장이 의료용 침대 위로 올라가 CPR을 했다.

"부원장님 심장충격기 좀 가지고 오세요."
"150줄 차지 되었습니다."

오미연 부원장이 전압 상태를 알렸다.

"샷."

이한성은 아무런 반응도 없었다.

"200줄로 올려요."

심전도를 확인한 이희윤 원장은 곧바로 전압을 높이도록 지시했다.

"샷."
"커어억!"

상체가 들썩거린 이한성이 컥 소리와 함께 깊게 공기를 빨아들이고 내뱉었다.

"이한성님 정신 드세요?"

이마에 땀이 송골송골 맺힌 이희윤 원장이 물었다.

"여기가 어딥니까?"
"병원입니다."
"어떻게 제가 여기를…."
"이한성님, 하는 일이 무엇입니까?"

이한성의 말투가 차분하여 이희윤 원장이 질문을 달리했다.

"연구원입니다."
"어느 회사 연구원입니까?"
"삼영연구소 연구원입니다."
"나이는요?"

"32살인데 왜 묻죠?"
"알겠습니다."

* * *

"보호자님, 이한성 환자 치료 중 심정지가 있었습니다."

이필상의 눈동자가 흔들리며 안절부절못했다.

"진정하세요. 환자분은 괜찮습니다. 문진으로 확인해 보니, 8~9년 전 삼영연구소의 연구원에서 기억이 멈춰 있습니다. 심정지가 오면서 뇌가 셧다운되었다가 재부팅된 것처럼 어린 시절부터 8년 전까지의 모든 기억을 회복한 것으로 보입니다."
"망상장애는 치료된 건가요?"
"예."
"최근 생긴 강박장애는요?"
"그 증상도 지금은 없어졌습니다."
"우리 아들 완전히 정상으로 돌아온 것입니까?"
"조금 더 지켜봐야 알 수 있겠지만 현재 상태로만 보면 지극히 정상적인 사고를 하고 있습니다. 다만 8년간의 기억이 사라지게 되어 적응 기간이 필요할 것 같습니다."
"잃어버린 기억은 어떻게 됩니까?"
"글쎄요. 지금은 정상적인 뇌의 네트워크가 활성화되어 있는데, 기억이 되살아나면 다시 옛날 상태로 돌아가게 될지, 모든 기억이 통합되게 될지, 지켜봐야 알 수 있을 것 같습니다. 일반적으로는 살면서 잃어버린 기억과 연결되는 고리를 찾게 되면 기억이 돌아오는 경우가 많습니다."

"정신병원 치료는 안 받아도 됩니까?"

"병원 치료는 당분간 받는 게 좋습니다. 최근 세상이 많이 바뀌지 않았습니까? 아직은 젊어 금방 적응할 것 같지만 인생이 잘 안 풀리면 폭력성이 되살아날 수 있습니다."

"무슨 일을 벌일지, 모른다는 건가요?"

이희윤 원장의 표정이 어색해졌다.

"글쎄요. 당분간은 심리 치료를 받으면 좋을 것 같습니다."

## 초현실 론칭 준비

"제가 물어보는 것 외의 보고사항은 그룹웨어로 알려 주세요."
"예, 알겠습니다."

전략기획팀 방철원 본부장이 대답했다.

"초현실 론칭 행사에 참석 의사를 밝혀 온 분들은 어떻게 되니까?"
"G20 국가의 정상과 각국 10대 그룹 회장, 국내 정재계 인사, 과학 분야 영리더 7인 등 총 1,000명이 참석하겠다는 답을 주었습니다."
"G20 국가의 정상들이 모두 참석하겠다는 연락을 했다고요?"
"예, 회장님."

기업의 론칭 행사를 위해 G20 국가의 정상이 우리나라를 찾는 것은 전대미문의 사건이 될 수 있었다.

"경호 문제는 어떻게 하기로 했습니까?"

"대통령 경호팀과 협력하여 경호를 준비하고 있습니다."

"백현동 채플타워 주변은 고층빌딩이 많은데, 어떻게 경호를 합니까?"

"주변 건물은 경찰특공대와 대통령 경호팀이 맡기로 했습니다."

"알겠습니다."

"뉴럴듀얼링크 웨어러블 성능테스트 결과는 어떻습니까?"

"배터리 30암페어로 10시간 뉴럴듀얼링크가 가능하게 되었습니다."

"배터리 무게는 어떻게 됩니까?"

"7kg입니다."

"배터리 암페어에 비하면 링크 시간이 너무 짧습니다. 이유가 뭡니까?"

"장애 포용 범위를 넓게 확보하다 보니……."

"그것은 곤란합니다. 배터리가 크고 무거우면 움직임이 불편해집니다. 우리가 개발하는 것은 웨어러블 로봇이 아닙니다. 중추신경 손상으로 장애가 있는 사람들을 위한 웨어러블입니다. 채플 메타버스 유저는 생체 신호 전달 지도를 사용하면 심플한 맞춤식 웨어러블 제작이 가능합니다."

"예, 알겠습니다."

방철원 본부장이 나가고 현서진 회장은 생각에 잠겼다. 과학이 발달해도 사람이 사람다운 생각을 할 수 있도록 하고 싶은데. 사람은 특별한 능력을 발휘하는 것에 초점을 맞추는 것을 당연시하는 것 같았다.

인체모형 프리미엄 캡슐아머를 응용하면 웨어러블 로봇이 된다. 하지만 자신은 웨어러블 로봇에 초점을 맞추지 않았다. 자신은 보통 사람이 기준이었다. 몸이 불편한 사람들에게 뉴럴듀얼링크 웨어러블을 통해 평범한 삶을 살아갈 수 있게 하는 것이 목표였다. 그들에게 평범한 신체적 능력은 간절한 희망이 될 수 있었다.

# 이한성 2

이한성의 망상장애가 치료되어 이필상씨는 아들을 퇴원시켜 집으로 데리고 왔다. 이한성은 잃어버린 8년 시간을 뛰어넘고 싶었다.

부모님의 지원을 받아 보급용 캡슐아머를 구매했다. 채플 메타버스에 가입하고 사용자가 되어 기능을 요모조모 살폈다. 해커들을 고용해 해킹도 시도해 보았다. 이것은 블록체인 기술 차원을 넘어 무엇인가 다른 것이 결합되어 있다는 말을 들었다.

이한성은 포기할 수 없었다. 캡슐아머를 해체하고 조립하기를 반복했다.

## 초현실 론칭

"오빠, 내일이 초현실 론칭 행사인데, 안 떨리세요?"

"하하하, 제가 떨 이유가 있습니까? 혜수씨의 사회 준비는 다 되었어요?"

"저는 메모를 잠깐씩 보면서 하니까 어려울 게 없어요."

"그런가요, 내일은 G20 국가의 정상이 참석해 수준 높은 질서가 필요합니다. 축제 분위기를 연출하려 했는데 경호 문제로 폭죽 사용이 금지되었습니다. 꿍따리 따바라 안무 연습을 많이 했습니까?"

"네. 어제까지 두준협씨 댄스 연습장에 모여 함께 연습했어요."

"혜수씨의 피부가 더 맑아져 보이는 이유가 있었군요."

"그건 아니에요. 6월에 방송으로 나갔던 안무를 연습하게 되어 근육통이 심했었는데, 오늘 아침에 완전히 풀렸어요."

"괜히 이벤트를 넣어 혜수씨를 힘들게 만들었군요. 죄송합니다."

"아니에요, 오빠에게 그 말 들으려고 근육통 얘기 꺼낸 건……."

오혜수가 손사래를 쳤다.

"알아요. 제가 고마워서 그래요."

"어디 그게 오빠만 좋은 건가요. 실시간 라이브 방송을 할 수 있게 해 준 오빠에게 제가 더 고마워해야 할 일이지요. 그리고 오빠 일이 남 일도 아니잖아요."

"하하하, 제가 또 실수했네요. 이러면 혜수씨와 선 긋는 것 같다고 했었는데. 와인 한잔할까요?"

"좋아요."

현서진이 주방에 들어가 새우 관자 채소볶음을 뚝딱 만들고 소고기를 미디엄으로 익혔다. 와인 냉장고에서 카베르네 쇼비뇽을 꺼내 온 현서진이 소파 앞 좌식 식탁에 안주와 함께 올려놓았다.

소파에 나란히 앉아 잔잔한 영화를 85인치 화면으로 보면서 잔을 부딪쳤다. 와인 맛을 통해 완숙한 라즈베리 아로마에 다크 초콜릿의 풍미를 느낀 오혜수는 행복한 표정을 지었다. 현서진이 오혜수의 표정을 마주 보고 빙그레 미소를 지었다.

"소고기를 먼저 먹어 봐요. 이렇게 굵은 소금을 찍어 가볍게 살짝 털어 내고 먹으면 간이 잘 맞습니다."

오혜수는 현서진이 말한 대로 따라 했다.

"소금을 뿌려서 익혀 낸 것보다 고기 맛이 더 잘 느껴져요. 간도 조절되고."
"진짜 다행입니다. 혜수씨의 입맛이 저랑 비슷해서."

오혜수가 현서진 어깨에 머리를 살짝 기댔다.

* * *

계묘년 11월 20일, 백현동 채플타워 주변은 경찰의 교통통제와 질서유지에 힘입어 구름 떼처럼 사람이 몰려들었지만, 전광판이 설치된 광장과 주변 운동장으로 분산 유도되었다.

오프닝에서 3팀 전연무 아나운서가 마이크를 잡고 내빈들의 면모와 초현실의 의미를 알렸다. 이어서 꿍따리 따바라 공연이 시작되었다.

두준협, 강일례, 오혜수, 이연진이 기계장치에 의해 천천히 무대 위로 올려졌다. 편곡한 꿍따리 따바라의 경쾌하고 세련된 MR 반주에 맞춰 화려하고 강력한 안무가 이어졌다. 안무는 사람들의 시선을 빼앗아 버렸다.

전주가 끝나고, 두준협이 첫 소절을 시작했다.

"마음이 울적하고 답답할 땐
산으로 올라가 소릴 한번 질러 봐
나처럼 이렇게 가슴을 펴고
꿍따리 따바라 빠빠빠빠"

휠체어를 타고 안무를 소화했던 강일례가 휠체어 발판에서 발을 내려 천천히 일어섰다. 스텝이 달려와 휠체어를 무대 밖으로 가지고 갔다. 행사장이 웅성거리기 시작했다. btbc 유튜브 대화창에도 새 글이 빠르게 올라갔다.

'실화냐?'
'기적이다'

노래 파트로 바뀌고 멈춰 있던 강일례가 화려한 안무 동작을 소화하며 노래를 불렀다.

꿍따리 따바라 무대 공연이 끝나고 브레이크 타임에 옷을 갈아입은 오혜수 아나운서가 무대로 올라왔다. 오혜수 아나운서는 한국말과 영어를 번갈아 사용해 중추신경손상-마비증 장애인을 위한 웨어러블을 현진그룹에서 개발하여 프로토타입 테스트를 하고 있다는 소식을 알렸다.
취재진은 초현실 론칭 행사에서 그룹 복제의 공연에 얽힌, 신경연결 웨어러블 소식을 기사화하여 앞다투어 포털에 올렸다.

이어진 순서로 초현실 개발자 현서진이 소개되어 무대에 섰다.

"안녕하세요. 초현실 개발자 현서진입니다. 초현실은 가상현실과 증강현실을 혼합한 시스템입니다. 이번 출시되는 초현실도 동기화 상태에서 통신, 금융, 쇼핑이 현실세계와 채플 메타버스 시스템에 연동됩니다.
초현실은 도시를 벗어나면 엘프, 드워프, 정령, 오크, 트롤, 오우거, 코볼트, 고블린, 가고일, 와이번, 드래곤, 바질리스크, 샤벨타이거, 하피, 크라켄, 그리핀, 미노타우르, 샌드웜, 언데드, 듀라한, 데스나이트, 골렘, 라이칸 드로프, 실버울프 등 다양한 종족을 만나게 됩니다."

내빈을 비롯한 행사장 안으로 입장한 사람들은 조용히 현서진의 말을 경청했다.

\* \* \*

같은 시각 상수동 일대의 한 병원이 마취제와 주사기를 도둑맞는 일이 벌어졌다. 용의자는 후드티를 깊게 눌러쓰고 마스크를 하여 인상착의를 알 수 없었지만 180cm 정도의 키에 몸이 날렵했다.

\* \* \*

"질의 응답시간을 가지겠습니다."

오혜수가 말했다.

"btbc 이태백 기자입니다. 도시는 어떻게 몬스터로부터 안전합니까?"
"도시는 돔형 마물 실드가 씌워져 있습니다. 초현실에서 도시는 일종의 안전지대입니다."
"SBS 정민수 기자입니다. 몬스터와 꼭 적이 되어야 합니까?"
"절대적인 것은 없습니다. 비교적 사람과 관계가 좋은 다른 종족으로는 엘프, 드워프, 수인이 있습니다. 그렇다고 하여 무조건 그들을 우호적인 종족으로도 볼 수는 없습니다. 생각이 다르면 관계가 언제든 벌어지니까요!"
"과학 전문 고은경 기자입니다. 강일례씨가 사용한 웨어러블은 중추신경 손상 장애인만 가능한 것입니까?"

"예, 저희가 제작한 것은 맞춤식 웨어러블입니다. 강일례씨가 착용한 웨어러블은 중추신경 손상에 따른 하반신 마비 장애가 있는 분들께 최적화된 상품입니다.

하지만 뉴런듀얼링크 기술은 뇌의 네트워크를 통합할 수 있습니다. 곧 정신장애가 있는 분들을 위한 헤드 웨어러블 제작이 마무리됩니다."

"MBC 강민형 기자입니다. 초현실은 기존 캡슐아머와 동기화 가능합니까?"

"예, 가능합니다."

"기존 영업장에서 초현실을 운영하게 됩니까?"

MBC 강민형 기자가 연속으로 질문했다.

"백현점, 신사점, 송도점만 멀티관으로 운영하고 그 외는 전용관으로 할 계획입니다."

"추가 질문 있습니다."

"예, 말씀하세요."

"기존 채플 메타버스를 운영하는 기업에서 입찰에 참여하게 될 경우는 어떻게 됩니까?"

"초현실 전용관 운영 목적으로 참여할 경우만 운영권 자격을 주는 것으로 하겠습니다."

"SBS 정민수 기자입니다. 초현실의 세계화는 언제부터 진행합니까?"

"국내시장에 초현실이 완전히 정착된 이후 세계화를 진행할 계획입니다."

# 이한성 3

마취제를 훔친 이한성은 곧장 현서진의 저택이 있는 수원으로 이동했다. 북수원 파크힐 주택단지 앞에서 상황을 보며 기다렸다.

택배 차량이 멈춰서고 기사가 택배를 챙겨 근처 주택으로 배달을 갔다. 가지고 온 배낭을 챙겨 택배 차에 올라탔다. 예상대로 기사는 차 키를 꽂아 놓고 배달 중이었다. 시동을 켠 그는 주택단지 정문을 통과해 현서진 집 근처에 차량을 버려두고 얇은 봉투 하나만 들고 현서진의 저택 초인종을 눌렀다.

"네."

가정부로 짐작되는 사람이 스피커로 대답했다.

"법원등기입니다."
"놓고 가시면 안 됩니까?"
"법원등기는 수취인의 사인이 필요합니다."

가정부가 나왔다. 이한성은 가정부에게 우편물을 주고 아이패드에 사인하도록 하여 정신을 분산시켰다.

"아."

가정부가 사인할 때 마취 주사를 꺼내 목에 찔러 넣었다. 가정부가 정신을 잃고 힘없이 주저앉았다. 이한성은 가정부를 들쳐 메다시피 하여 안으로 들어갔다.
현관문 옆으로 지문 인식기가 있었다. 가정부의 검지 지문을 가져다 대었다.

'삐빅 윙'

보안 잠금이 해제되고 자동으로 현관문 잠금장치가 풀렸다. 집 안으로 가정부를 끌고 들어와 입에 테이프를 붙이고 팔과 다리를 묶어 창고에 아무렇게나 내팽개쳤다.
현서진의 집 이곳저곳을 다니며 집 안 구조와 내용물을 살폈다. 넓은 차고 안은 다양한 수입 차량 십여 대가 주차되어 있었다. 이한성은 별 감흥을 못 느꼈다.
대충 둘러보고 저택 안으로 들어갔다. 지하와 1층을 둘러보고 2층으로 올라갔다. 인체모형 프리미엄 캡슐아머, 보급용 캡슐아머, 헬멧형 아머가 있는 방문을 열었다. 절로 입에 미소가 걸렸다. 이한성은 배낭을 열고 드릴과 몇 가지 도구를 꺼내 보급용 캡슐아머를 개조했다.

준비를 마친 이한성은 주방을 찾아 냉장고 문을 열었다. 신선한 채소, 과일, 고기가 정리되어 있었다. 미소를 지은 이한성이 자기 집처럼 식자재를 꺼냈다. 인덕션에 프라이팬을 찾아 올린 그는 프라이팬이 달아오르자 소고기 표면만 살짝 익혔다. 그는 익힌 소고기를 대충 썰어 탁자에 올려놓고 스마트폰 유튜브 어플을 실행해 초현실 론칭 행사를 보았다.

"푸하하 히히히."

뭐가 좋은지 이한성은 실성한 듯 괴팍한 소리를 내며 웃었다. 질의응답에 대답하는 현서진을 보자 그는 기분이 더 좋아졌다. 현서진이 실험체로 있었을 때는 생각을 안 해 보았는데 이렇게 보니 연예인 뺨치게 잘생겨 보였다.

"넌 곧 내 것이 될 거야, 열심히 해. 푸하하하."

앞으로 일어날 일들을 생각하니 8년의 보상이 한순간에 이루어지는 것 같았다. 자축이라도 해야겠다는 생각이 들었다. 이한성은 와인 냉장고에서 와인 한 병을 꺼내 코르크 마개를 따고 와인 잔에 적당히 채웠다. 이한성이 스마트폰에 나오는 현서진을 뚫어져라 보면서 와인을 천천히 삼켰다.

"좋아, 아주 좋아. 히히, 히히."

'저놈이 곧 내 것이 된다니⋯.'

기분이 업된 이한성은 술기운이 살짝 올랐다. 스마트폰에서 눈을 떼지 않은 그가 기름 묻은 손으로 소고기를 한 점 들어 입에 넣고 우적우적 씹으며, 현서진의 말 한 마디, 한 마디를 따라 하며 흉내 내었다.

'곧 실험체가 될 놈이 잘나 봤자지…….'

왠지 한동안 자괴감을 느낀 자신이 바보 같았다는 생각이 들었다. 조금 더 일찍 이랬어야 했는데….

오래전에 현서진은 6번 실험체였다. 실험체가 살아 움직인다는 것이 우습기도 했지만, 김형섭 박사를 대신해 6번 실험체 소유권에 대한 자신의 권리를 찾는 것이었다.

이한성은 잔을 들어 와인에 비친 자기 모습을 보았다. 검붉게 아롱거리는 자신도, 세상도 다 미쳐 돌아가는 것 같았다. 적개심이 불타는 눈빛으로 스마트폰에 나오는 현서진을 보았다. 사람들이 실험체 의식에 갇혀 다 속고 있는 것 같았다. 실험체가 이 세상을 미치게 한 것 같았다.

결기가 차올라 와인 잔을 든 손이 파르르 떨렸다. 한 손을 더해 와인 잔을 잡은 그는 물을 마시듯 벌컥벌컥 삼켰다. 자신은 정의로운 행동을 하는 것이었다. 세상을 원래대로 바꿔 놓는 자신이야말로 영웅이었다. 사람들이 곧 자신을 영웅으로 떠받들게 될 것이다.

"히히 히히히, 네가 들어갈 캡슐이 준비되었다. 앞으로는 내가 널 잘 돌봐 줄 거야. 넌 내 실험체니까……."

* * *

　질의응답이 끝나 갈 무렵 무음 설정된 현서진의 핸드폰에 신원 미확인자의 주거지 침입을 알리는 메시지가 떴다.

　"조선일보 이국한 기자입니다. 초현실에서 이종족 간의 전쟁이 일어난다면 채플 메타버스의 게임 콘텐츠와 크게 차이를 못 찾을 것 같습니다. 개발자께서는 차이점이 무엇이라고 생각하십니까?"
　"초현실 속 몬스터는 종족의 특성을 잃지 않는 선에서 각기 저마다 경험적 사고를 할 수 있도록 프로그래밍되어 있습니다. 같은 종족의 몬스터도 게임 콘텐츠보다는 한 차원 높게 의식 수준이 구현되어 있습니다."
　"이상으로 초현실 론칭 행사를 끝내겠습니다."

　오혜수 아나운서가 론칭 행사 종료를 알렸다. 현서진은 행사가 끝나고 내빈으로 참석한 G20 정상들과 일일이 악수를 청했다. 미국 대통령 조 바이든은 악수하는 중에 현서진을 국빈 대우 초청했다.

# 체포

 현서진은 뒤늦게 긴급 문자 메시지를 보았다. 만일의 상황에 대비해 오래전 가정부 정영자 여사의 핸드폰에 특정 숫자를 길게 누르면 자신에게 주거침입 알림 메시지가 보내지도록 설정해 주었다. 근무하시고 3년 동안 한 번도 사용한 적 없었던 번호를 눌렀다는 것은 무엇인가 일이 벌어졌을 수 있었다. 현서진은 이선필 비서에게 상황을 설명하고 일 처리를 지시했다.

 현서진은 내빈의 요청에 따라 론칭 행사 단체 기념사진을 찍었다. 혹시나 정영자 여사에게 무슨 일이라도 생겼을 것 같아 애탔지만 겉으로는 태연히 미소를 지었다. 사람들과 인사를 마무리한 현서진이 이선필 비서를 찾았다.

"어떻게 되었습니까?"
"대통령 경호팀 박정수 팀장이 관할 경찰서에 말하고 론칭 행사 비상 대기 중인 경찰특공대가 헬기를 타고 수원 회장님 자택으로 긴급 출동했습니다."

"우리 집 비상키는 드렸습니까?"
"예, 드렸습니다."

수원 현서진 저택 상공에 도착한 헬기에서 밧줄이 내려졌다. 경찰특공대 6명이 마당과 2층 테라스, 옥상으로 두 명씩 낙하 위치를 선정하고 하강했다. 기관단총을 전투복에 고정한 팀장이 권총을 꺼내 들었다. 현관 입구에 붙어서 리더기에 카드를 가져다 댈 타이밍을 기다리는 팀원에게 고개를 끄덕여 신호를 주었다.

'삐빅 윙'

현관으로 진입한 경찰특공대는 신속하게 1층부터 살폈다. 1층을 지나 2층으로 오르는 계단 옆 창고 문을 열었다. 결박되어 있는 가정부가 불안한 눈으로 팀장을 보았다. 손가락으로 입을 가려 조용히 할 것을 알렸다. 간단하게 경찰특공대임을 알려 안심시키고 입에 붙어 있는 테이프를 떼어 주었다.

정영자 여사로부터 범인에 대한 간략한 설명을 들은 팀장이 팀원에게 지시하여 정영자 여사를 밖으로 대피시켰다. 대열이 갖추어진 것을 확인한 팀장은 팀원 1명과 2층으로 올라갔다.

btbc 유튜브 라이브 방송 소리가 들렸다. 소리를 쫓아서 사뿐히 한 발 한 발 거리를 좁혀 갔다. 팔자 좋게 와인을 즐기며 낄낄거리는 남자가 보였다. 조용히 접근한 팀장과 팀원이 순식간에 그를 제압했다. 다른 팀원들은 공범이 있을 것을 가정하고 수색을 계속했다.

"팀장님, 공범의 흔적은 없습니다."
"범인을 수사하여 공범 여부를 확인해도 될 것 같습니다."

고개를 끄덕인 팀장이 확인차 이한성에게 공범 여부를 물었다.

"공범 그딴 것 없어. 그런데, 당신들 실수하는 거야. 난 실험체로부터 세상을 구할 사람이야! 수갑 빨리 풀어!"

눈을 희번덕대며 이한성이 소리를 질렀다. 이한성의 배낭을 쏟아 내용물을 확인한 팀원이 팀장에게 보고했다.

"마취제 앰플 20개, 주사기 20개 나머지는 공구와 전선 등이 나왔습니다."
"신분증은?"
"있습니다."
"상황 정리되었다고 상부에 보고해."
"예, 알겠습니다."

경찰특공대가 이한성을 관할 경찰서에서 출동한 경찰에게 인계했다. 사건의 심각성을 인지한 경찰관 두 명이 이한성을 경찰차에 태워 수원중부경찰서로 출발했다.
특공대는 폭발물을 탐지하며 다시 한번 집을 샅샅이 살폈다. 현서진이 이선필 비서와 함께 집에 도착했다. 정영자 여사를 보고 달려간 현서진이 다친 곳을 물었다.

"괜찮아요."

"그래도 병원 가서 검사해 보는 것이 좋겠습니다. 이선필 비서, 여사님 모시고 가서 병원에서 검사받고 치료받을 수 있게 해 드리세요."

"예, 회장님."

현서진 집은 보급용 캡슐아머만 손상되고 다른 피해는 경미했다. 현서진이 개조된 캡슐아머를 보고 미간을 찌푸렸다. 생명과학 연구소 캡슐을 생각나게 하는 생명 유지 장치가 붙어 있었기 때문이었다. 팀장이 특별히 분실되거나 손상된 것을 물었다.

"보급용 캡슐아머만 손상되었습니다. 그 외 와인과 식자재 외에는 없는 것 같습니다."

"저희가 보급용 캡슐아머는 증거품으로 가져가도 되겠습니까?"

"예, 그렇게 하십시오."

경찰특공대에서 이한성의 행적을 보고하기 위해 사진을 찍고 증거품을 수거해 갔다.

현서진 회장 저택 근처에 경찰이 상주하는 방범 초소가 설치되었다. 국가 예산의 20%가 현진그룹에서 걷힐 것으로 예상한 기획재정부 추경한 장관의 보고를 들었던 윤주명 대통령은 사안을 심각하게 받아들였다. 경찰청장에게 재발 방지 차원에서 즉각적 방범 초소 설치와 전담 경호원 파견을 모색하도록 지시했다.

*　*　*

　이한성의 취조는 순조롭게 진행되었다. 상수동 자택 집이 압수 수색되는 과정에서 그의 부모 이필상씨와 김미자씨가 개조된 캡슐아머 속에 사지가 결박되어 생명 유지 장치에 의해 생명이 연명되는 것을 구출하여 병원으로 이송했다.

## 초현실 론칭 반응

론칭 행사 직후 포털은 초현실 관련 기사의 댓글이 압도적인 가운데 기사마다 선플이 상위에 랭크하고 있었다.

'현서진 회장 채플 메타버스에 이어 초현실까지 만들었다'
'뉴럴듀얼링크 웨어러블 끊어진 신경망을 대신한다'
'정신 장애인을 위한 헤드 웨어러블 곧 나온다'
'현서진 회장 특급 경호받는다'
'강일례의 완벽했던 무대 이유 있었다'
'조 바이든 대통령 현서진 회장을 국빈 대우 초청했다'
'btbc 실시간 뉴스 채널 하루에 200만 명 구독자 늘었다'

다양한 타이틀을 단 기사가 포털 상위에 랭크되었다.

"세계 각국 시청자 btbc 유튜브 채널 구독과 좋아요를 눌렀다"

관계자에 따르면 btbc 실시간 뉴스 유튜브 채널은 채플 메타버스와 초현실 론칭 행사 방송을 독점하면서 시청자에게 깊은 인상을 심어 주었을 뿐 아니라 채플 메타버스 게임 콘텐츠 팁을 알려 주면서 구독자 분포가 세계화로 확대되는 추세라고 말했다.

-중략-

# 저랑 결혼해 주시겠습니까?

갑진년 봄을 맞았다. 한창 봄꽃 소식이 들리고 봄 햇살에 나른해진 오혜수가 동생 얘기를 했다.

"정말입니까? 혜수씨 동생이 상견례 날짜를 잡는다고요?"

현서진이 정색하고 목소리를 높였다.

"네. 하지만 엄마가 싫어하세요. 저 먼저 보내야 한다고…."
"그러니까요. 옛말에 찬물도 위아래가 있다고 하지 않습니까?"
"그건 오빠가……."

오혜수가 말을 못 하고 현서진을 쳐다보았다.
도대체 어쩌자는 것인지…….
잘 안다고 생각했는데…….
갑작스럽게 정색하니 이 사람에게 자신은 아무것도 아니라는 생각이 들었다. 자신은 이 사람을 알게 되어 많은 것을 얻었다. 회사에서는 팀장으로 승격하고 대외적으로 스타 아나운서가 되었다. 현서진에 비하면 아홉 마리 소 가운데 뽑은 터럭 하나에 지나지 않지만, 그 외 다른 누군가와 비교해 봐도 자신은 입지 전적의 업적을 쌓은 편에 속했다.

서른의 나이가 된 자신에게 커플스 이규선 팀장이 주선하는 사람들 면모만 보아도 대한민국 최고 집안의 자식들이었다.

'하지만…'

갑자기 오혜수는 기분이 시무룩해졌다.
그러면 뭐 하는가, 비록 이 사람 앞에 서면 하찮게 보일 수 있지만 자신은 이 사람 아니면 안 될 것 같은 것을….
엄마가 말했다.

'사랑은 믿을 게 안 된다고, 필요한 사람이 되어야지…….'

오늘은 그 말이 싫었다. 그렇지만 부정하면 할수록 그 말이 맞는 것 같아서 너무 슬펐다. 공기처럼 잡히지 않는 저 사람을 사랑만으로 함께하고 싶은데…….
사랑이 의미 없다고 생각하니 눈물이 났다. 서러워서 눈물이 자꾸만 쏟아졌다.

현서진은 당황했다. 이벤트를 준비했는데…… 엉망이 되었다. 장난삼아 정색하고 분위기를 반전하려고 했는데 뭔가 자신이 크게 잘못한 것 같았다.

현서진의 눈빛이 심하게 흔들렸다. 조금은 안다고 생각했는데……. 오혜수는 참 어려운 여자처럼 느껴졌다. 이러다 상처만 주게 되는 것은 아닌지. 뭔가를 해 달라고 한 번도 요구한 적이 없는 사람이었다. 무엇을 바란다고 하지 않았기에 그녀가 해 왔던 모든 게 당연한 것이 되어 있었다.

너무도 무심했었다. 왜 지금에서야 느껴지는 것인지 자신이 원하면 다 들어줄 것 같고 자신이 하자고 하면 무엇이든 같이 해 줄 것 같은 사람이었는데……. 그것이 당연한 것은 아니었다.

알게 모르게 자신은 점점 더 무심한 남자가 되어 있었다. 가장 행복하게 해 주고 싶었던 날에 자신은 그녀를 울렸다. 가슴이 저몄다. 오혜수를 끌어안았다.

"미안합니다. 오늘 사실 당신한테 할 말이 있었습니다. 나에게는 중요한 날이었습니다. 당신에게도 그런 순간이 되기를 바랐었습니다. 제가 참 서툴렀군요. 고백은 잠시 미뤄 두겠습니다. 당신에게는 그것만으로는 안 될 것 같습니다. 가시죠?"

오혜수는 이 남자가 무슨 말을 하는지 이해가 안 되었다.

'중요한 순간이 되기를 바랐다고?'

현서진을 올려다보았다. 중요한 순간이길 바랐다는 것이 무엇인지 궁금했다.

"알겠어요."

현서진이 앞장서 도착한 곳은 2층 인체모형 프리미엄 캡슐아머가 설치된 방이었다. 오늘을 위해 준비한 것은 아니지만 필요한 순간에 마침 프리미엄 캡슐아머 한 대를 더 설치한 날이었다.

"동기화되면 관리자 모드로 접속해 보세요."

오혜수는 준비를 마치고 동기화를 진행했다.

동기화가 완료되었습니다.

"상태 창."

오혜수는 상태 창을 불러왔다. 현서진이 만들어 놓은 아이콘이 있었다.

■ 채플 메타버스
■ 초현실
■ 관리자

관리자로 들어갔다. 온통 백색의 세상에 현서진이 서 있었다.

"너무 휑하죠?"

"네."

오혜수가 눈을 깜빡이고는 말했다. 현서진이 빙그레 웃었다. 현서진을 처음 만났던 전철 안 상황이 재연되었다. 자신도 주변의 사람들도 그때와 같았다.

"어떻게 이럴 수가……."

깜짝 놀란 오혜수는 눈이 휘둥그레졌다.
타임 슬립 된 것은 아닌지…….
미래의 기억을 가지고 자신이 과거로 온 것인지…….
혼란스러웠다. 전철에 내려서 뛰었던 그 순간으로 넘어갔다. 현서진이 달리다가 뒤돌아보았다. 오혜수도 달렸다. 포시즌스 호텔에 도착한 오혜수는 화장실에서 옷가지와 화장을 정리했다. 문을 열고 로비에 나가면 로이장 회장이 있을 것만 같았다.
로비에 서 있는 사람의 모습이 어렴풋이 낯익었다. 정말 로이장 회장이 있었다. 오혜수가 인사를 하기 위해 걸음을 옮겼으나, 발이 바닥에 닿음과 동시에 주변이 셀라비 클럽으로 바뀌었다.
어떻게 된 것인지, 이해가 안 되었다. 진짜 자신 삶의 기억인지, 채플 메타버스에서 일어났던 일인 것인지. 혼란스러워 잠시 생각에 잠긴 사이 구룡 샹그릴라 홍콩 호텔 칵테일 바 의자에 앉아 에그노그 칵테일을 마시는 상황이 재연되고 있었다.
현서진 회장이 오혜수 앞에 놓인 칵테일 잔에 잔을 부딪쳤다. 오혜수는 칵테일 잔을 들어 단숨에 비웠다. 싸구려 아이스크림 맛이 입 안을 찌릿하게 자극하는 것치고는 부드럽게 넘어갔다.

혼돈이었다. 그동안 자신에게 일어났던 모든 것이 생생한데…. 기억을 되짚어 보니, 짧은 시간에 이뤄 낸 믿을 수 없는 성과였다.

손광희 아나운서의 무게감을 뛰어넘기에는 부족하지만 자신은 세계적으로 알려져 어쩌면 총체적인 인지도는 그 못지않을 것이라는 생각을 한 적도 있었다. 다시 생각해 보니 있을 수 없는 것 같았다. 지금까지 있었던 모든 것이 꿈이었나, 반신반의한 생각이 들어 칵테일을 연거푸 마셨다.

술잔을 비울수록 생각은 이성적으로 바뀌어 갔다. 파노라마처럼 지나가는 기억들…. 정말 꿈이었나! 꿈이란 생각을 하게 되니 술기운이 확 올라왔다. 머리가 어지러웠다.

'휘청'

의자에서 떨어질 뻔한 자신을 현서진 회장이 잡아 주었다. 생각이 많아서 너무 마셨다. 모든 게 귀찮아졌다. 졸렸다. 눈이 스르르 감기는 사이 침대에 눕혀져 있었다.

"여긴……."

낯익었다. 구룡 샹그릴라 홍콩 호텔의 그때의 그 룸이었다. 갑자기 현서진 회장과 있었던 일이 생각나며 얼굴이 달아올랐다.

"괜찮아요?"

현서진이 물었다.

"어떻게… 아니 언제 여기에 온 거예요?"
"혼란스러운가요?"
"네. 지난 기억이 꿈이었는지, 진짜 삶이었는지 판단이 서질 않아요. 시간이 엉망으로 흐르고 있어요."
"그런 것이라면 걱정하지 않아도 돼요. 이것은 지난 기억입니다. 또 현재이기도 합니다. 저는 오혜수씨가 저만의 여자는 자신이 할 수 있는 것이라서 한다는 말에 감동 먹었습니다."

현서진이 상체를 옆으로 세워 오혜수를 내려다보았다. 혼란스러워하던 오혜수가 눈빛을 빛냈다.

"결코 꿈이 아닌 거 맞죠?"
"예, 꿈 아니었습니다."
"어떻게 이렇게 주변과 상황이 바뀌어요?"
"트래픽(traffic)이 많이 발생하지만 제게는 어려운 일이 아닙니다. 또 다른 추억이 있었던 곳으로 갈까요?"
"오빠."

오혜수가 급하게 현서진을 불렀다. 오혜수의 눈이 흔들렸다.

현서진이 오혜수의 흔들리는 눈에 입을 맞추었다. 오혜수가 움찔했다. 그 작은 움찔거림은 신기하리만치 현서진의 마음에 불을 지폈다.

오혜수의 손이 등을 타고 내려오다가 골반 라인에서 안으로 파고들었다. 현서진이 움찔 놀라며 눈이 커졌다.

"혜수씨."
"오빠."

오혜수의 색욕에 물든 듯한 눈빛에 현서진은 본능적으로 오혜수의 입술을 덮치며 키스를 퍼부었다. 오혜수가 감전된 사람처럼 파닥거리며 현서진을 점점 더 자극했다.

현서진은 혼신을 다 쏟고 있었다. 초지능을 가지고 있지만 육체적 관계를 지속하며 유지하는 것은 초인이라도 쉬운 것은 아니었다. 최소한 의식을 둘로 나누어 단단한 껍질을 만들어야 현서진이 만들고 있는 세상이 깨지지 않고 유지될 수 있었다.

현서진은 생명과학 연구소에서 의식과 마음을 둘로 나누었던 권천 때의 양심법을 기억해 냈다. 8년이나 묵혀 두고 있었던 양심법을 운용해 의식과 마음을 분리하니 억지로 버티고 있었을 때와 다르게 간질거리며 머리를 뜨겁게 만들었던 과부하가 해결되었다. 의식의 반은 현재 구현된 세계를 유지하고 의식의 나머지 반은 육체관계에 몰입했다.

"오빠 이렇게 터프한 남자였어요?"
"너무 거칠어요?"

"아니요. 너무 좋아요."

오혜수가 숨을 헐떡이며 말했다.

"그러면 또 갑니다."

오혜수가 교성을 지르며 현서진을 끌어당겼다. 현서진이 오혜수의 양 허벅지를 받쳐 들고 일어섰다. 오혜수는 현서진의 목을 끌어안고 현서진의 움직임에 맞춰 교성인지 울음인지 알 수 없는 소리를 질렀다.

"오빠, 저를 사랑해요?"

그러면서도 묻고 싶었던 말을 하는 오혜수가 게슴츠레한 눈으로 현서진의 답을 갈구했다.

"당연한 걸 물어요."
"오빠는 때때로 공기같이 잡을 수 없는 사람 같아서 불안해요."

오혜수가 울먹이며 교성을 질렀다. 현서진이 뒤에서 오혜수의 허리를 잡았다. 동네 고양이들이 다 몰려온 것처럼 뇌쇄적인 오혜수의 교성 소리가 끝없이 퍼져 나갔다.

"저는 혜수씨가 원하면 하늘에 별도 따 줄 수도 있어요."

"그 거짓말 믿고 싶어요."
"거짓말 아닙니다."
"정말로 따 줄 거예요?"
"예, 따 줄게요."

현서진과 오혜수의 홍콩의 밤은 길었다. 현서진이 힘이 빠질 듯하면 오혜수가 입김을 불어 넣고 오혜수가 꺼질 듯하면 현서진이 화끈하게 불을 지폈다.

* * *

"오빠, 저에게 중요한 순간이길 바랐다는 것이 무슨 뜻이에요?"

현서진이 수건으로 젖은 오혜수의 몸을 닦아 주고 머리카락을 매만져 주었다.

"이유를 알려 줄게요. 이제 갈까요?"
"어디를 가는데요?"

현서진이 빙그레 웃었다. '순간' 구룡 샹그릴라 홍콩 호텔 룸에서 하늘이 잘 보이는 들판으로 와 있었다.

"어떤 별을 따 줄까요?"

오혜수가 밤하늘의 별을 보고 있는 현서진을 보았다. 농담이 아닌 듯 진지하게 별을 보고 있었다.

"마음에 드는 별이 없어요?"

오혜수가 고개를 까닥였다.

"시프랭스 산맥에 가면 별이 더 잘 보입니다."

현서진이 손짓했다.

"으악."

오혜수와 현서진은 골드 드래곤의 등에 앉아 밤하늘을 날고 있었다. 오혜수는 소리를 지르며 골드 드래곤의 비늘을 꽉 잡았다. 현서진이 오혜수를 뒤에서 살포시 안아 주었다.
현서진이 안아 주자 골드 드래곤이 회전 비행을 하여도 안정적인 느낌이 들었다. 골드 드래곤이 급격하게 하강으로 비행했다. 현서진과 오혜수는 자연스럽게 바닥으로 내려섰다.

"저 별은 어때요? 오혜수씨를 닮아 매우 매력적으로 빛납니다."
"저는 오빠 닮은 저 별을 가지고 싶어요."

밤하늘에서 가장 빛나는 별이 있었다. 현서진이 오혜수를 안고 슈퍼맨인 듯 하늘을 향해 날아올랐다. 바람이 머리카락과 옷을 요동치게 했다.

"숨을 못 쉬겠어요."

현서진이 급하게 하강 비행하여 바닥에 내려섰다.

"이건 좋은 방법이 아니었네요! 다시 할게요. 잘 봐요."

현서진이 오혜수가 가리켰던 별을 향해 팔을 들어 올려 손바닥을 폈다. 별이 끌려오고 있었다. 별이 가까이 끌려오며 점점 크게 보이더니 밤하늘 전체를 덮었다.

현서진이 손가락 끝을 살짝 구부렸다. 밤하늘을 덮었던 별이 가까이 다 가올수록 작아지더니 현서진 손에 잡힐 때는 반짝이는 다이아몬드가 박힌 반지로 변했다.

그 순간, 주변이 빙글빙글 돌아가며 오케스트라의 무대가 만들어지고 천사들이 악기를 켜고 하늘에서 내려온 가수가 천상의 목소리로 노래를 불렀다.

오혜수는 자신이 보기에도 너무나 아름다운 드레스를 입고 무대의 중심에 서 있었다. 현서진이 턱시도를 걸치고 무대 중심으로 천천히 걸어왔다. 천상의 음악과 함께 다가오니 현서진이 천신처럼 멋져 보였.

오케스트라의 연주가 절정의 하모니를 만들며 격정의 감동이 느껴지게 했다. 현서진이 한쪽 무릎을 굽히고 한쪽 무릎은 세워 앉았다. 주변이 온

통 만개한 꽃으로 수놓아졌다. 꽃향기가 퍼지며 진하게 느껴졌다.

"이 많은 꽃 중 단연코 혜수씨가 가장 아름답습니다."

현서진이 파란색 반지케이스를 열었다. 하늘에서 따온 다이아몬드 반지가 빛을 냈다.

"오혜수씨, 저랑 결혼해 주시겠습니까?"
"네."

화사한 표정을 한 오혜수가 대답했다. 오혜수의 고운 손을 잡은 현서진이 약지손가락에 반지를 끼워 주었다.

"사랑합니다."
"저도 오빠를 많이 사랑해요."

# 에필로그

현서진과 오혜수는 상견례에 이어 5월에 결혼 날짜를 잡았다. 결혼식은 운교산 뷰 캠핑장에서 비공개로 진행했으나 정보가 새어 나가 결혼식 당일 영월군 주요 도로가 마비되었다.

현서진이 도로 마비로 결혼식 참석이 어려워지자 주례를 맡게 된 윤주명 대통령이 대통령 전용 헬기로 신랑 픽업을 지시했다. 늦지 않게 도착해 무사히 결혼식을 마친 현서진이 대통령 전용 헬기를 사용하여 국민께 송구스럽다는 메시지와 함께 영월군 주요 도로 및 산간 지역 도로 개선 사업에 1조 원과 국가 발전기금에 1조 원을 각각 기부했다.

조 바이든 대통령에 이어 나머지 G20 국가의 정상들의 국빈 대우 초청 받은 현서진은 신혼여행을 국가 순방으로 대신했다.

초현실 전용관은 초현실 L, 초현실 D, 초현실 N에 인체모형 프리미엄 캡슐아머를 설치하여 전국적으로 각각 영업지점 40곳을 오픈했다. 전국 120개 초현실 영업장은 오픈 일부터 연일 매진 사태를 이어 가고 있었다.

초현실에서 게임 아이템은 승패를 좌우했다. 상급 몬스터를 사냥하고 얻은 아티팩트와 던전의 보스 몹을 사냥하고 얻은 전투 아이템이 초현실 상점에서 고가에 거래되었다. 상점이 활성화되면서 드래곤 레어의 보물을 사냥하는 트레저 헌터를 직업으로 하는 사람도 생겨났고, 기능을 키운 탈옥판 캡슐아머를 만들어 아이템을 얻으려는 유저들도 생겨났다.

갑진년 7월, 이한성은 1심 판결에 이어 항고심에서 치료 감호 명령이 떨어졌다. 이한성은 상고심을 포기하고 국립법무병원에서 치료 감호 생활을 했다. 국립법무병원에서는 재소자 상대로 교화 치료 및 직업 훈련을 했다.

이한성은 웨어러블 개발 심화반에 들어갔다. 웨어러블 로봇 개발에 특출한 두각을 보인 그는 웨어러블 로봇을 응용하여 탈옥판 슈퍼 캡슐아머를 만들었다.

현진그룹 캡슐아머는 개발자의 정신이 반영되어 신체적 능력을 우선으로 했다. 반면 탈옥판 슈퍼 캡슐아머는 기계적 능력을 앞세워 초현실에 동기화되면 몬스터 사냥을 손쉽게 할 수 있었다. 완전 생태계를 파괴하는 사기 캐릭터가 아닐 수가 없었다.

이한성이 탈옥판 슈퍼 캡슐아머로 아이템을 쓸어 담아 초현실 상점에서 환전했다. 돈은 귀신도 부린다는 말이 있다. 감호소 직원을 우호적으로 만들어 탈옥판 슈퍼 캡슐아머 수십 대를 제작했다.

돈에 맛 들린 감호소 직원들과 수감자를 꿰어 초현실에 동기화하여 상점을 털고 유저들을 공격하는 갱단으로 돌변하여 초현실 생태계를 혼탁하게 만들었다. 법의 사각지대를 제대로 노렸다는 생각에 이한성의 괴팍

한 웃음소리가 저녁만 되면 감호소를 쩌렁쩌렁 울렸다.

초현실을 사수하는 경찰관은 탈옥판 슈퍼 캡슐아머로 무장한 갱단을 단속하기 어려웠다. 탈옥판 슈퍼 캡슐아머 사용자가 초현실 생태계를 파괴하고 다니자 현서진이 경찰로 강림했다. 천신처럼 검을 빼든 그는 탈옥판 슈퍼 캡슐아머 사용자를 일거에 쓸어 버렸다.

이후 접속 보안이 강화된 초현실에서는 시리얼 번호를 도용한 탈옥판 슈퍼 캡슐아머는 접속이 차단되고 업그레이드된 AI 경찰관이 숨어든 모리배를 찾아내어 처단했다.